KB182505

나의 황금 연못

사과문고 99

나의 황금 연못

1판 1쇄 인쇄 2024년 11월 19일
1판 1쇄 발행 2024년 11월 26일

글쓴이 송언
그린이 수연

펴낸이 정중모
펴낸곳 파랑새

주간 서경진 | 편집 정혜연, 김보라 | 디자인 권순영
마케팅 홍보 김선규, 고다희 | 디지털콘텐츠 구지영
제작 윤준수 | 회계 홍수진

등록 1988년 1월 21일(제406-2000-000202호)
주소 경기도 파주시 회동길 152
전화 031-955-0670 | 팩스 031-955-0661
홈페이지 www.bbchild.co.kr | 전자우편 bbchild@yolimwon.com

ISBN 978-89-6155-533-3 74810
978-89-6155-178-6 (세트)

어린이제품안전특별법에 의한 제품 표시
제조자명 파랑새 | 제조년월 2024년 11월 | 제조국 대한민국 | 사용연령 7세 이상

나의 황금 연못
송언 글 수연 그림

"옛날이야기 좋지요.
재미있는 이야기가 있으면 해 보세요.
이야기로라도 배를 채우든가 해야지,
뱃가죽하고 등가죽이
들러붙게 생겼어요."

나를 몹시도 힘들게 한 작품

이 이야기를 완성하는데 20년 넘도록 긴 세월이 흐를 줄 정말 몰랐다.

이제야 마음의 등짐을 내려놓는다. 비운의 왕자와 소금 장수의 딸 달님의 사랑을 완성할 수 있어서. 이것이 그토록 힘겨운 일이었을까?

처음에 내가 선택한 방식은 비운의 왕자와 송화 아가씨의 무난한 결합이었다. 한데 무난한 결합이긴 하였으나 결코 만족스러운 결합이 아니라는 걸 알았다. 그렇기 때문에 이 이야기를 세상에 내놓고 오랜 번민의 시간에 시달렸다. 나 혼자 오래오래 괴로워했다. 그 괴로움을 견딜 수 없어서, 세상에 내놓았던 이 이야기를, 스스로 거두어들였다.

그리고 세월은 또 속절없이 흘러갔다.

비운의 왕자와 소금 장수의 딸 달님의 사랑을 완성하지 못한 채. 우선 작가인 나 자신을 설득하는 일이 묘연했고, 독자들의 공감을 얻어낼 자신이 도통 서질 않았기 때문이다.

그리하여 20년 넘는 긴 세월이 흘러갔던 것이다.

지금 나는 마음이 홀가분하다.

용케 나를 설득할 방법을 찾아냈고, 독자들의 공감을 얻을 수 있으리란 자신감을 회복할 수 있었기에. 하여 전혀 다른 이야기가 탄생했다.

비운의 왕자와 소금 장수의 딸 달님의 사랑이 독자들에게 어떻게 다가갈지 궁금하다. 마음이 설레기도 한다. 이 이야기는 비로소 내 손을 훌훌 떠나게 되었다.

부디 '황금 연못'처럼 넘실대기를!

2024년 겨울이 오는 길목에서
이야기 작가 송언

차례

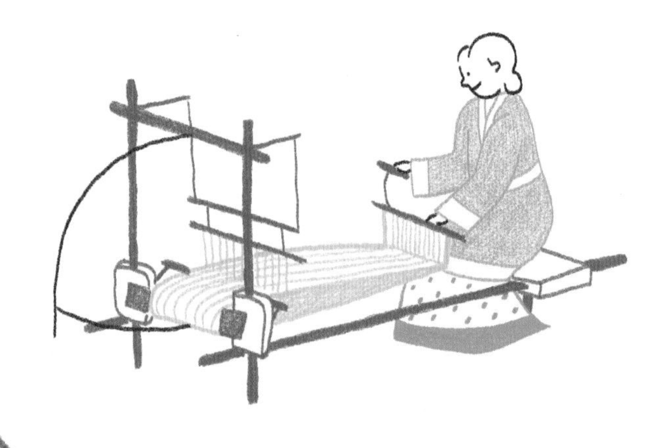

구사일생

먼 옛날에 마음씨가 어진 왕이 살았다.

왕에게는 아들이 둘 있는데 큰아들은 성품이 괄괄하고 생김새는 헌걸찼다. 작은아들은 성품이 온화하고 생김새는 수더분했다. 큰아들은 산으로 들로 쏘다니며 사냥을 즐겼고, 작은아들은 책을 가까이하며 글공부에 힘썼다.

큰아들은 용맹스러운 대장부다웠다. 작은아들은 지혜로운 선비 같았다. 왕은 이따금 고민에 잠겼다.

'두 아들의 빼어난 점을 한곳으로 모을 수 있다면 얼마나 좋을꼬?'

그러던 어느 날 왕은 갑자기 병이 들이닥쳐 자리에 누웠다. 어느 아들에게 왕의 자리를 물려주어야 할지 결정을 못 내렸기 때문에 걱정이 태산이었다.

대신 좌가려가 왕을 알현하고 병세를 염려하며 조심스레 여쭈었다.

"전하, 어느 왕자님께 왕좌를 물려주실 작정인지요?"

왕이 한숨을 내쉬며 말했다.

"그 때문에 과인의 마음이 무겁구려."

"큰 왕자님께 왕좌를 물려주는 게 순리가 아니겠나이까?"

좌가려는 오래전부터 큰 왕자를 편드는 신하였다. 좌가려가 눈치를 살피고 있을 때 왕이 힘겹게 말했다.

"나라가 위태로울 때라면 당연히 용맹스러운 왕자가 다스려야겠으나, 지금은 나라는 안정되고 백성들이 평화롭게 살아가고 있지를 않소. 과인의 생각엔 지혜로운 왕자가 나라를 다스려야 할 때라고 보는데……."

"그러시다면?"

좌가려의 얼굴색이 하얗게 변했다.

"작은아들을 마음에 두고 있는데, 과연 큰아들이 과인

의 뜻을 따라 줄는지."

왕은 한숨을 내쉬며 가슴을 쓸어내렸다. 뉘라서 감히 왕의 뜻에 대놓고 반대할 수 있겠는가. 좌가려는 조용히 왕의 병실에서 물러나왔다.

그 즉시 좌가려는 큰 왕자를 찾아갔다. 방금 전 왕에게 들은 이야기를 슬그머니 털어놓았다. 큰 왕자가 놀라 펄쩍 뛰었다.

"이런, 이런! 그것이 정녕 사실입니까?"

그도 그럴 것이, 자신이 왕의 자리를 물려받으리라고 철석같이 믿고 있었던 것이다. 큰 왕자는 큰 충격을 받고 얼굴이 붉으락푸르락 변했다.

좌가려가 큰 왕자를 안심시켰다.

"염려하지 마옵소서. 제게 좋은 계책이 있사옵니다."

"어떤 계책인지 어서 말해 보시오."

좌가려가 큰 왕자 귀에 대고 속닥거렸다.

"쥐도 새도 모르게 작은 왕자를 처치하면 되는 일이옵니다."

큰 왕자는 잠시 생각에 잠겼다가 설레설레 고개를 흔들었다. 왕의 자리가 욕심나는 것은 사실이지만, 동생을

죽이면서까지 왕좌를 차지해야 하는 것일까, 하는 생각에 마음이 무거웠던 것이다.

큰 왕자가 나지막이 물었다.

"착하고 지혜로운 동생을 내 손으로 꼭 죽여야 하오?"

좌가려가 힘주어 말했다.

“뒤탈을 없애는 데 그보다 좋은 방법은 없는 줄로 아옵니다. 왕자님, 결코 마음이 흔들려선 안 됩니다. 권력의 속성이란 게 이렇듯 비정한 것이옵니다.”

큰 왕자는 머릿속이 혼란스러웠다. 가슴도 답답했다.

‘내 손으로 동생을 죽여야 하다니 이런 기막힌 운명이 어디 있단 말인가!’

고민 끝에 큰 왕자가 물었다.

“동생을 먼 변방으로 귀양 보내는 건 어떻소?”

“그건 천부당만부당한 말씀이옵니다. 큰 왕자님 마음이 흔들리면 왕의 자리는 한순간에 작은 왕자님께 넘어가고 맙니다. 그렇게 되면 작은 왕자님을 떠받드는 신하들이 큰 왕자님을 가만히 놔둘 것 같습니까? 지금은 죽느냐 사느냐 하는 심각한 상황이옵니다.”

“죽느냐, 사느냐?”

큰 왕자는 멀뚱멀뚱 천장을 쳐다보았다. 좌가려가 다그치듯 말했다.

“기회는 한 번뿐이옵니다. 두 번 다시 찾아오지 않습니다. 대왕께선 이미 작은아들이신 돌고 왕자님 쪽으로 마음을 굳힌 듯하옵니다. 사소한 문제로 우물쭈물하다가 기회를 놓치면 모든 게 물거품이 되고 맙니다. 용기 있게 결단을 내리셔야 하옵니다."

큰 왕자는 마음이 흔들렸다. 아버지가 동생을 선택했다는 사실이 질투심을 불러일으켰다. 이윽고 큰 왕자는 결심했다.

"좋소, 그대의 뜻을 따르도록 하겠소."

"결심을 했으면 실행은 빠르면 빠를수록 좋사옵니다."

다른 방법은 없었다. 큰 왕자와 좌가려는 한밤중에 군사들을 이끌고 가서, 작은 왕자가 머무는 처소를 덮쳤다. 작은 왕자는 곤히 잠들어 있었다. 문득 이상한 기척을 느끼고 자리에서 벌떡 일어나 앉았을 때, 큰 왕자의 칼이 바람을 쌩 갈랐다. 큰 왕자가 내리친 칼날을 맞고 작은 왕자는 피를 토하며 쓰러졌다.

"아니, 형님이 왜 저를……?"

돌고 왕자는 스르르 눈을 감았다.

한데 참으로 알 수 없는 일이었다. 작은 왕자의 숨이 끊어진 바로 그 순간에, 별안간 번쩍하며 번개가 치고 우르릉 쾅쾅 천둥이 울었다. 이어 억수 같은 장대비가 내리 퍼부었다. 온 세상을 삼켜 버릴 것 같은 무시무시

한 장대비였다.

그러자 걷잡을 수 없는 공포감에 휩싸였던 것일까.

큰 왕자는 정신을 잃은 사람처럼 사납게 날뛰었다. 큰 왕자는 칼을 휘둘러 동생네 식구와 하인들을 닥치는 대로 찔러 죽였다. 쥐고 있는 칼끝에서 붉은 핏방울이 뚝뚝 떨어져 내렸다.

돌고 왕자에겐 다섯 살 된 아들이 있었다. 그 아들은 조용한 별채에서 따로 머물렀다. 왕자의 충성스러운 하인이 밤낮으로 아이를 돌보았다.

아닌 밤중에 홍두깨라고, 집안이 온통 피범벅이 되고 있을 때 늙은 하인은 작은 왕자의 아들을 가슴에 품고 빗줄기가 쏟아지는 어둠 속으로 허둥지둥 도망치기 시작했다. 무작정 어둠 속을 헤치며 뛰고 또 뛰었다.

큰 왕자가 이끌고 온 군사들에게 붙잡히면 목숨을 잃을 것이 불을 보듯 빤했다. 늙은 하인은 공포감에 휩싸였으나 도망치는 발걸음을 멈추지는 않았다. 두 눈에선 쏟아지는 비처럼 하염없이 눈물이 흘러내렸다.

"하늘이시여, 어린 생명을 굽어살피소서."

늙은 하인은 하늘을 우러러 기도하면서 어둠 속을 헤

치며 계속 달음박질쳤다. 저 멀리서 군사들이 두런대는 소리가 들려왔다. 군사들은 손에 횃불을 들고 있었다. 장대비가 쏟아지고 있었기 때문에 늙은 하인의 몸은 흠뻑 젖어 버렸다. 발걸음이 천근만

근에 오만 근이었다. 어느 순간 작은 왕자의 아들이 잠에서 깨어났다. 자그마한 몸뚱이를 꼼지락대며 칭얼거리기 시작했다.

"아이고, 도련님. 참으셔야 합니다."

혹시라도 울음을 터뜨릴까 봐 늙은 하인은 심장이 콩알만 해졌다. 엉겁결에 아이의 입을 틀어막았다. 앞뒤 분간할 수 없을 정도로 사방은 캄캄절벽이었다.

그것이 오히려 다행스러운 일이었다. 휘영청 달이 밝은 밤이었다면, 큰 왕자가 풀어놓은 군사들에게 꼬리를 밟혔을 게 빤하니까. 이윽고 늙은 하인은 깊은 산속으로 몸을 감출 수 있었다.

"하느님, 고맙습니다."

늙은 하인은 '휴우' 한숨을 토했다. 하지만 한시바삐 큰 왕자의 손길이 뻗치지 않는 곳으로 달아나야 했다. 늙은 하인과 작은 왕자의 아들이 감쪽같이 사라진 사실을 알게 되면, 날이 밝는 대로 뒤쫓을 게 틀림없었다.

늙은 하인은 돌고 왕자의 아들을 들쳐 업고 웃옷을 벗어 꽁꽁 묶었다. 그러고는 밤새도록 산을 넘고 또 넘었다. 몇 날 며칠을 허기진 배를 움켜쥔 채 먼 남쪽 땅을 향해 무턱대고 도망쳤다.

사람이 살지 않는 깊은 산속으로 숨어 버리면 목숨은 건질 수 있을 것 같았다.

비운의 왕자

그로부터 7년 세월이 흘렀다.

깊은 산속 오두막집 안에서 한 노인이 조용히 숨을 거두고 있었다. 노인 곁에는 열두 살 된 소년이 망연자실 앉아 있었다.

"도련님, 이제 그만 가 봐야겠어요. 문밖에 검은 옷을 입은 손님이 찾아와 기다리고 있네요. 저승에서 늙은이를 데리러 온 저승사자 말입니다."

노인이 문밖을 내다보았다. 소년의 눈엔 아무것도 보이지 않았다.

"늙은이가 오래 살았어요. 당장 세상을 떠난다 해도

미련은 남아 있지 않아요. 다만 한 가지 혈혈단신 도련님을 산중에 남겨 놓고 떠나려니 마음이 무겁습니다. 저승에 가서 대왕님과 돌고 왕자님을 뵈면 무어라 아뢰야 할는지……."

노인의 두 눈에서 주르륵 눈물이 흘러내렸다.

"할아버지, 죽지 말아요. 이 깊은 산속에서 나 혼자 어떻게 살아요?"

소년의 눈에서도 두 줄기 눈물이 흘러내렸다.

"사람이 세상에 나고 죽는 일은 하늘의 뜻입니다. 이 늙은이는 하늘을 원망하지 않아요. 도련님, 어떤 어려움이 닥치더라도 꿋꿋하게 버티며 이겨 내셔야 해요. 세상에 나가더라도 절대로 신분을 드러내면 안 됩니다. 아직도 도련님의 목숨을 노리는 무리가 있을지 모르니까요."

노인이 이불 밑으로 손을 넣어 더듬더듬 무언가를 찾았다.

"도련님께 전해 드릴 귀중한 물건이 있습니다."

노인의 손엔 어른 팔뚝만 한 칼 한 자루가 들려 있었다. 대번에 예사로운 칼이 아니라는 걸 알 수 있었다. 칼집에 푸른 용이 황금빛 여의주를 물고 있는 모습이 또

렷이 새겨져 있었다.

노인이 칼자루에서 칼날을 빼내자 '스르릉' 신비로운 소리가 났다. 칼날에선 찬란한 광채가 빛났다.

"작은 왕자님이 제게 맡겨 놓은 보검입니다. 칼자루에 작은 왕자님 이름인 '돌고'가 새겨져 있기 때문에 남들에게 함부로 보여선 안 됩니다. 몸속 깊숙이 간직해야 합니다. 이 보검이 도련님의 앞날에 행운을 가져다주기를. 그럼 부디……."

힘겹게 말을 마치고 노인은 숨을 거두었다. 소년은 보검을 꼭 쥐고 구슬 같은 눈물을 뚝뚝 떨구었다.

소년은 7년 전 구사일생으로 살아난 작은 왕자의 아들이었다. 하루아침에 왕궁에서 쫓겨난 비운의 왕자. 소년은 양지바른 산자락에 노인의 시신을 묻어 주었다. 그러고는 깊은 산속 오두막집을 등졌다.

며칠이 지난 어느 날.

붉은 해가 서산 너머로 뉘엿뉘엿 지고 있었다. 검붉은 노을이 서쪽 하늘에서 피를 토하고 있을 때, 굶주림에 지친 소년은 어느 마을에 닿았다. 누가 보더라도 소년은 영락없는 거지꼴이었다. 입고 있는 옷은 누더기처럼 낡았고, 짚신은 다 떨어져 너덜거렸다. 하지만 눈빛만큼은 유독 형형하게 빛났다.

소년은 마을에서 가장 큰 부잣집을 찾아갔다. 마침 집

주인이 대문 앞에 나와 있다가 소년을 보았다. 소년은 하룻밤 머물 수 있게 해 달라고 부탁했다.

주인이 소년의 위아래를 훑어보더니 중얼거렸다.

"떠돌아다니는 아이인 것 같구먼."

소년이 공손히 말했다.

"집도 절도 부모도 없는 고아입니다. 하룻밤 머물 수 있게 해 주십시오. 은혜는 결코 잊지 않겠습니다."

"떠돌이 주제에 예절은 바르군. 몸도 튼튼해 보이고. 이렇게 하는 게 어떠냐?"

"어떻게요?"

소년은 주인을 빤히 쳐다보았다.

"내 집에서 하인으로 일해 보는 것이. 집도 절도 없이 세상을 떠도는 것보다 마음은 한결 편할 게다."

소년은 기뻤다. 떠돌이 신세보다 부잣집 하인이 백 번 천 번 나을 것 같았다.

"고맙습니다. 뭐든지 시키는 대로 하겠습니다."

그리하여 소년은 부잣집 하인으로 일하게 되었다. 주인은 재물이 많은 사람이었다. 널따란 논밭을 가지고 있고 집도 대궐 못지않게 으리으리했다.

하지만 인정이라곤 눈곱만큼도 찾아볼 수 없는 인색한 위인이었다. 주인이 소년을 하인으로 받아들인 것은 인정이 넘쳐서가 아니었다. 소년의 튼튼한 몸뚱이를 보고, 많은 일을 시킬 수 있으리란 계산이 섰기 때문이었다.

아니나 다를까. 주인은 소년에게 많은 일을 시켰다.

소년은 꼭두새벽에 일어나 뒷산으로 올라가 나무를 했다. 살아남기 위해서는 바지런히 일해야 했다. 나뭇짐을 짊어지고 집으로 돌아오는 것으로 일이 끝나는 건 아니었다. 밭 갈기, 씨 뿌리기, 김매기, 가축 돌보기 등 자잘한 일거리가 끝없이 기다리고 있었다. 일하느라 하루해가 모자랄 지경이었다.

그렇지만 소년은 투덜대거나 꾀를 부리지 않았다. 밤이 되면 소금에 절인 파김치처럼 몸이 축축 늘어졌다. 잠자리에 들면 드르렁드르렁 코를 골며 깊은 잠에 빠져들 게 빤했다. 허나 밤에 해야 할 일이 소년을 또 기다리고 있었다.

주인집 뒤뜰엔 커다란 연못이 있었다. 연못 주위에 갖가지 꽃나무를 심어 놓았는데, 바람이 산들산들 불어오면 꽃향기가 코끝을 간지럽혔다. 주인집 뒤뜰은 잘 가꾸어진 부잣집 정원이었다.

때는 한여름이었다.

"개굴, 개굴, 개굴, 개굴……."

연못 속엔 개구리들이 득시글득시글 모여 살았다. 개구리들은 지칠 줄도 모르고 밤새도록 울어 댔다. 한참을 듣고 있으면 귀가 먹먹해질 지경이었다. 개구리들 울음소리 때문에 주인은 편안히 잠을 이룰 수 없었다. 주인이 소년에게 내린 특명은 개구리들이 울지 못하도록 밤새도록 지키라는 것이었다.

주인이 편안하게 잠을 이룰 수 있도록 소년은 뜬눈으로 밤을 지새워야 했다. 연못가에 쪼그리고 앉아 퐁당퐁당 밤새도록 돌멩이를 던져 넣어야 했다. 그리하면 개구리들이 가까운 곳에 사람이 있는 줄 알고 울음을 뚝 그쳤다.

소년이 잠시 다른 생각에 잠기거나, 깜박 졸기라도 하면, 개굴개굴 시끄럽게 울어 댔다. 그 소리는 마치 '바보, 바보!' 하고 약을 올리는 것처럼 들렸다. 그럴 때마다 소년은 화들짝 정신을 차리고는 돌멩이를 연못 속으로 던져 넣었다.

"퐁당!"

"……."

"퐁당!"

"……."

처음엔 개구리들과 숨바꼭질하는 것 같아 재미있었다. 하지만 재미도 하루 이틀이었다. 먼동이 터 오는 새벽녘까지 똑같은 일을 반복하니 울컥울컥 짜증이 일어났다. 자신이 한심하게 느껴지기도 했다.

'어쩌다 내 신세가 이렇게 되었을까? 깊은 산속 오두막집에서 살 때 할아버지에게 귀에 못이 박히도록 들었

다. 나의 아버지가 이 나라의 작은 왕자였다는 사실을. 왕궁에서 남부럽지 않게 살던 내가 밤새도록 개구리들과 씨름이나 해야 하다니…….'

소년은 길게 한숨을 토해 냈다.

'할아버지는 늘 내 앞날을 걱정해 주었다. 틈나는 대로 격려도 해 주었다. 큰 꿈을 품고 살아가야 한다고. 어떤 어려움을 겪더라도 쓰러져서는 안 된다고. 세상과 싸워 이겨야 한다고.'

한 달쯤 지나자 도저히 견딜 수가 없었다. 대낮에도 눈앞에서 별똥별이 오락가락할 지경이었다. 코에서는

코피가 터지기 일쑤였다. 연못 속 개구리들이 그렇게 얄미울 수 없었다. 커다란 연못을 흙으로 몽땅 메워 버리고 싶은 심정이었다.

그러던 어느 날 밤이었다. 그날도 소년은 부지런히 연못 속으로 돌멩이를 던져 넣었다. 그러다가 피곤에 지쳐 꾸벅꾸벅 졸았다. 소년은 스르르 쓰러져 까무룩 잠이 들고 말았다.

"개굴, 개굴, 개굴, 개굴……."

시끌벅적 울어 대는 개구리들의 합창 소리도 소년의 단잠을 깨우지는 못했다. 아니, 감미로운 자장가처럼 들렸다고 해야 할까. 개구리들은 제 세상이라도 만난 듯 목청이 터져라 개굴개굴 합창을 해 댔다.

개구리 울음소리가 어찌나 우렁찼던지 주인이 잠에서 깨어났다. 주인은 화가 머리끝까지 치밀어 올랐다. 고함을 지르며 연못가로 뛰어나왔다. 그것도 모르고 소년은 쿨쿨 잠에 빠져 있었다.

'쯧쯧, 밤낮으로 일하느라 피곤했던가 보군.'

이렇게 이해할 수도 있으련만 주인의 마음은 그렇지 못했다. 그저 자기 단잠을 깬 것만 분하게 생각했다. 주인의 손엔 몽둥이가 들려 있었다.

"이런 게으름뱅일 보았나!"

주인이 몽둥이로 잠자는 소년의 몸뚱이를 사정없이 후려갈겼다. 소년은 소스라치게 놀라 잠에서 깨어났다.

"에라, 이 배은망덕한 놈!"

주인이 소년의 몸뚱이를 또 후려갈겼다. 캄캄한 밤중이라 방향을 가늠할 수 없었다. 소년은 벌떡 일어나 엉겁결에 앞으로 내달렸다.

"풍덩!"

소년은 연못 속에 빠졌다. 악머구리 끓듯 하던 개구리들의 울음소리가 뚝 그쳤다. 소년은 찬물을 뒤집어쓰고는 번득 정신을 차렸다. 텀벙거리며 연못가로 나왔다. 저고리와 바지가 물에 흠뻑 젖었다. 와들와들 몸이 떨려왔다.

소년은 무릎을 꿇고 발이 손이 되도록 빌었다.

"주인님, 한 번만 용서해 주십시오."

주인은 눈썹 한 올 꿈쩍하지 않았다.

"거지꼴로 굴러 들어온 놈을 하루 세 끼 꼬박꼬박 먹여 주고 재워 주었더니 은혜를 원수로 갚으려 해? 배가 더 고파봐야 정신을 차릴 놈이구나. 꼴도 보기 싫으니 내 집에서 썩 나가거라!"

소년의 두 눈에 눈물이 맺혔다.

"주인님, 죽을죄를 지었습니다. 앞으론 정신 바싹 차리고 뭐든지 열심히 하겠습니다. 제발 한 번만……."

주인이 두 발을 땅땅 굴렀다.

"제 몫을 못 하는 하인은 아무짝에도 소용없다. 여봐라, 가까이 누가 없느냐?"

한밤중의 소동에 놀라 몇몇 하인들이 연못가에 몰려와 있었다. 주인의 목소리에서 쌩쌩 찬바람이 불었다.

"저 게으름뱅이를 당장 내 집에서 내쫓아라!"

하인들이 소년에게 달려들었다. 주인은 뒷짐을 진 채 어둠 속으로 사라졌다. 소년은 멱살을 붙잡힌 채 대문 밖으로 질질 끌려 나갔다. 주인을 닮았는지 한솥밥을 먹던 하인들도 인정사정이 없었다.

소년은 한밤중에 부잣집에서 쫓겨났다.

'이제 나는 어디로 가야 하나? 어쩌다가 이토록 막막한 신세가 되었는가?'

소년을 반겨 줄 사람은 세상에 아무도 없었다. 소년은

답답한 마음에 하늘을 쳐다보았다. 어둠침침한 밤하늘에 별들이 반짝반짝 빛나고 있었다.

'하늘엔 별이 총총 빛나고, 땅 위엔 많은 사람들이 살아가고 있건만, 나는 갈 곳이 없는 외기러기 신세로구나.'

소년의 입에서 절로 한숨이 터져 나왔다. 그때처럼 자신이 처량하게 느껴진 적은 없었다. 늙은 하인과 살던 깊은 산속 오두막집이 떠올랐다. 하지만 그곳이 어디쯤인지 알 수 없었다. 너무 멀리 떠나왔으므로.

소년은 터벅터벅 캄캄한 밤길을 걸었다. 부잣집에 도착하던 그때처럼 다시 떠돌이 소년이 되었다. 가진 것이라곤 아무것도 없었다. 아니, 허리춤 깊숙이 차고 있는 보검 한 자루가 소년의 전 재산이었다.

소년은 몇 날 며칠을 걷고 또 걸었다.

지칠 대로 지쳐 쓰러질 지경이 되었을 때 한적한 시골 마을에 도착했다. 캄캄한 밤이었다. 배가 고파 더 이상 걸을 수도 없었다. 입술은 바싹바싹 마르고, 두 다리는 후들후들 떨렸다.

소년은 어느 집 사립문 앞에서 정신을 잃고 쓰러졌다.

소금 장수

소년이 쓰러진 곳은 소금 장수 집 앞이었다.

소금 장수는 순박하고 부지런한 사람이었다. 아침 일찍 소금을 팔러 길을 떠나곤 했다. 그날도 일찌감치 지게를 짊어지고 사립문을 나서다가 정신을 잃고 쓰러져 있는 소년을 발견했다. 소금 장수는 '아이코!' 하고 걸음을 멈추었다.

지게를 벗어 사립문 옆에 세워 놓고 소년 앞으로 다가갔다. 가만가만 몸을 흔들어 보았다. 가느다란 신음 소리가 새어 나왔다. 소금 장수는 소년의 이마에 손을 얹었다. 머리가 불덩이였다. 소금 장수가 중얼거렸다.

"하마터면 송장을 치울 뻔했군."

그러고는 사립문 안쪽을 향해 "이봐, 이봐!" 하고 소리쳤다. 소금 장수 부인이 헐레벌떡 뛰어나왔다. 소금 장수는 소년을 들쳐 업었다.

소금 장수 부인은 앞장서 방 안으로 뛰어 들어갔다. 포대기를 펴네, 이불을 내리네, 하며 부산을 떨어 댔다. 소금 장수는 소년을 푹신한 포대기 위에 눕혔다. 부인이 우물로 달려가 찬물을 떠 왔다.

소금 장수는 소년의 이마에 물수건을 얹어 주었다. 소년이 부스스 눈을 떴다.

소금 장수가 몹시 기뻐하며 물었다.

"이보게, 어린 손님. 정신이 좀 드시는가?"

소년은 멀뚱멀뚱 방 안을 둘러보았다. 그러고는 스르르 눈을 감았다. 소금 장수가 들뜬 목소리로 부인에게 일렀다.

"이봐요, 빨리 죽을 좀 쑤어요. 정신이 돌아온 모양이오."

소금 장수 부부의 지극정성 덕분에 소년은 목숨을 건졌다.

소금 장수 부부에겐 어여쁜 딸이 하나 있었다. 이마는 환한 보름달처럼 반듯하고, 이마 아래 눈썹은 붓으로 그린 초승달 같고, 두 눈망울은 별빛을 닮은 듯 초롱초롱 빛났다. 코는 콕 집어 빚어 놓은 송편처럼 알맞게 솟아 있고 입술은 앵두처럼 붉고 앙증맞았다. 어여쁜 소녀의 이름은 달님이었다. 나이는 소년과 비슷했다.

소년은 달님을 볼 때마다 가슴이 두근두근 뛰었다.

'가난한 소금 장수 집안에 박꽃처럼 어여쁜 딸이 있다니…….'

그런 감정은 달님도 마찬가지였다. 왠지 모르게 소년에게 마음이 끌렸다. 소금 장수 아버지가 집 앞에 쓰러져 있는 소년을 구해 주었을 때만 해도 영락없는 거지꼴이었다.

한데 사나흘이 지나서 얼굴에 핏기가 돌아오자 늠름한 왕자처럼 변했다. 달님은 그토록 늠름한 소년을 본 적이 없었다. 먼 나라 왕자님이 별안간 눈앞에 나타난 것 같은 착각이 들 정도였다. 달님은 남몰래 가슴을 졸였다. 마음도 한들한들 흔들렸다. 바람에 치맛자락이 흔들리듯이.

소금 장수는 소금 자루 없은 지게를 짊어지고 이른 아침에 집을 나서곤 했다. 어떤 때는 며칠씩 집에 돌아오지 못할 때도 있었다. 소금 장수 부인은 마을의 부잣집에 가서 품을 팔았다. 가난했지만 세 식구가 오순도순 살아가고 있었다.

이레쯤 지나자 소년의 몸은 거의 회복되었다. 소금 장수 부부에게 큰 은혜를 입었으나 갚을 길은 막막했다. 몸이 회복되었으니 이제 길 없는 길을 떠나야 했다.

그런데 참 이상한 일이었다.

막상 소금 장수 집을 떠나려 하니 달님이 마음에 걸리는 것이었다. 아니, 달님이 소년의 발길을 옴짝달싹 못하도록 옭아매는 것 같았다. 소년은 엉뚱한 상상을 해보았다. 달님이와 한 식구가 되어 소금 장수 집에서 같이 산다면 무던히 행복할 것 같다고. 그러다가 화들짝 놀라 정신을 추슬렀다. 할아버지 목소리가 귀청을 때리는 것 같았다.

'큰 꿈을 품고 살아가야 합니다. 어떤 어려움을 겪더라도 쓰러져서는 안 됩니다. 세상과 싸워 이겨야 합니다.'

하루는 소금 장수가 집을 나서려다 말고 불쑥 물었다.

"갈 곳이 마땅치 않은 모양이구나?"

소년은 가슴이 뜨끔했다. 속마음을 들켜 버린 것 같아서. 하지만 소금 장수 집에 계속 머물 수는 없는 노릇이었다. 소년이 담담하게 말했다.

"아닙니다. 내일이나 모레쯤 떠날 작정을 하고 있었습니다. 그동안 신세 많이 졌습니다. 이 은혜를 어찌 다 갚을 수 있을까요?"

"무슨 소리, 어려움에 처한 사람을 돕는 건 인지상정이 아니던가."

소금 장수가 잠시 사이를 두었다가 물었다.

"그나저나 부모님은 계시는가?"

순간 소년은 눈물이 핑 돌았다.

"제가 다섯 살 되던 해, 두 분 모두 돌아가셨습니다. 저만 혼자 살아남아서 세상을 떠돌고 있는 처지입니다."

소금 장수 부인이 혀를 차며 끼어들었다.

"세상에, 가엾기도 해라!"

소금 장수가 조심스레 말했다.

"딱히 갈 곳이 없는 모양이구먼. 그동안 가만가만 살펴봤는데 귀한 집안에서 태어난 분 같더구먼. 우리같이 시골 골짜기에 사는 사람과는 근본이 다른 것 같더란 말이지. 한데 어쩌다가 묘한 인연의 끈이 우리에게 닿은 것일까?"

소금 장수가 잠시 말을 끊었다가 이어 붙였다.

"행여나 허튼소리로 듣지는 말게. 괜찮다면 나랑 같이 소금 장수를 해 보는 건 어떤가? 그럼 굳이 세상을 떠돌 것도 없고, 내일이나 모레쯤 내 집을 떠날 필요도 없지 않은가?"

소금 장수는 소년을 은근슬쩍 마음에 두고 있었다. 아들이 없어 마음 한구석이 늘 허전했는데, 데리고 다니면서 소금을 팔면 돈도 더 벌 수 있고 마음도 든든할 것 같았다. 소금 장수 부인도 같은 마음이었다. 달님은 아무 말도 보태지 않았다.

"고맙습니다. 다 죽어 가는 목숨을 살려 주시고 일할 수 있는 기회까지 주시니 몸 둘 바를 모르겠습니다."

소년은 소금 장수의 뜻을 받아들였다. 그리하여 먼 길을 떠나지 않아도 되었다.

다음날부터 소년은 소금 장수를 따라 장삿길에 나섰다. 소금 자루가 담긴 지게를 짊어지고 가깝고 먼 마을을 두루 돌아다녔다. 수많은 사람들이 모였다가 흩어지는 장터거리를 찾아다니기도 했다.

집으로 돌아올 때쯤이면 달님이 동구 밖까지 아버지와 소년을 마중 나오곤 했다. 마중 나온 달님을 볼 때면 소년은 말할 수 없이 마음이 푸근했다. 소금 장수 소년과 달님은 나날이 사이가 가까워졌다.

어느 날 밤 소년과 달님은 동구 밖 강가로 나갔다. 두 사람은 달빛이 어리비치고 별빛이 강물처럼 흐르는 강가에 나란히 어깨를 기대고 앉았다. 하늘의 달을 쳐다보고 함께 별을 헤아리기도 했다.

달님이 먼저 입을 열었다.

"도련님은 먼 나라에서 오신 귀한 분인 것 같아요."

소년이 대답했다.

"그렇지 않습니다. 나는 이 나라의 이름 없는 백성일 뿐입니다."

"저는 밤마다 천지신명께 기도를 올린답니다. 도련님을 저희 집으로 보내 주셔서 얼마나 감사한지 모른다고요."

달님의 얼굴이 발그레 붉어졌다. 캄캄한 밤중이라 소

년은 달님의 붉어진 얼굴을 볼 수 없었다. 그 대신 밤하늘의 달님과 별님이 보았다.

"저는 가끔 두려워요. 어느 날 훌쩍 도련님이 저희 곁을 떠나 버릴 것 같아서. 저희 식구에게 도련님은 왠지 과분한 분 같아요."

달님뿐만 아니라 소금 장수 부부도 그런 느낌이었다. 결코 평범한 소년으로 보이지 않았으니까.

소년이 담담하게 말했다.

"나는 어느 곳으로도 가지 않을 겁니다. 왜냐하면 어느 곳으로도 갈 수 없는 가련한 신세이니까요."

"도련님, 약속해 주세요. 떠나지 않는다고……. 아니에요, 도련님이 어느 날 훌쩍 떠나더라도 저는 언제까지나 도련님이 돌아올 날을 손꼽아 기다리고 있을 거예요. 도련님을 영원토록 잊지 않을 거예요."

달빛이 두 사람의 머리 위에서 은빛으로 바스러지고 있었다.

"도련님은 제 마음속 깊이 들어와 있어요. 우물물을 긷다가도 도련님 생각에 젖고, 냇가에서 빨래를 하다가도 도련님 생각에 가슴이 미어진답니다. 저도 제 마음을 모르겠어요. 도련님이 없다면 온 세상이 텅 빈 것처럼 쓸쓸할 거예요."

소년은 달님의 두 손을 꼭 부여잡았다.

"달님 아가씨가 방금 내 마음을 대신 말해 주었어요. 나 또한 마음속으로 수없이 다짐했어요. 지금의 내 마음이 영원토록 변하지 않았으면 좋겠다고. 이 세상이 끝날 때까지 달님 아가씨와 더불어 살았으면 좋겠다고. 지금 나는 한없이 행복해요. 낯선 사람에게서 처음으로 훈훈하고 따뜻한 정을 느낄 수 있었으니까요."

달님이 수줍게 말했다.

"도련님, 영원히 저를 잊지 말아 주세요. 설령 우리가 헤어지는 한이 있더라도 제 이름만은 꼭 기억해 주세요. 제 이름을 기억해 주는 한 도련님 마음속에 제가 살아 있을 테니까요."

소년이 흔쾌히 대답했다.

"저 하늘에서 우리 두 사람을 내려다보는 별님과 달님 아래에서 굳게 맹세합니다. 내가 먼저 달님 아가씨를 잊는 일은 없을 거라고."

그리고 소년은 아무 말도 보태지 않았다. 두 손을 꼭 부여잡고 놓지 않은 채.

다음 날 소년은 소금을 팔기 위해 집을 나섰다. 그날

소금 장수는 잔병이 있어 집에서 쉬었다. 그래서 소년 혼자서 장사를 하러 떠나게 되었다.

소년은 소금 자루를 배에 싣고 먼 곳까지 운반했다. 먼 곳으로 장사를 떠나야 더 많은 수익을 올릴 수 있으니까. 배가 나루터에 닿자 소년은 소금 자루를 내려 지게에 얹었다.

단골로 드나드는 노인의 집을 찾아가 소금 한 자루를 팔았다. 지게를 짊어지고 막 길을 나서려는데, 노인이 소년의 소맷자락을 잡아당기며 떼를 썼다.

"이보게, 나이 어린 총각. 단골손님인데 소금 한 됫박만 더 주고 가게나, 응?"

노인은 욕심이 과한 사람이었다. 그런 사실을 잘 알고 있기 때문에 소년은 그만 화를 낼 뻔했다.

"지난번에도 소금 한 됫박을 덤으로 얹어 주었잖아요. 식구들이 한동안 먹을 수 있는 양인데 어찌 더 달라고 조르세요. 오늘은 더 줄 수 없어요. 장사치 입장도 헤아려 주셔야지요. 번번이 밑지는 장사를 할 수는 없잖아요."

소년이 옹골차게 말하자 노인이 팩 토라졌다.

"나이 어린 총각이 인심 한번 고약하구먼."

노인은 성질이 사납고 괴팍한 사람이었다. 그만한 일로 소년의 멱살을 붙잡고 시비를 붙는 것이었다. 옥신각신하던 끝에 목이 말라서 소년이 우물물을 마시는 동안, 노인이 가죽 신발 한 켤레를 소금 자루 안에 숨겼다. 그러고는 소리쳤다.

"젊은 총각이 인정머리가 없어!"

소년은 더 시비를 붙는 게 싫어서 서둘러 노인의 집을 나섰다. 그러고는 산 너머 마을로 소금을 팔러 떠났다.

그때를 기다렸다는 듯 노인은 관아로 달려갔다. 노인이 고을을 다스리는 도사에게 억울함을 호소했다. 소금 장수가 비싼 가죽 신발 한 켤레를 훔쳐 달아났다고. 도사는 그 말을 그대로 믿었다. 나졸들에게 소금 장수를 붙잡아 대령하라 일렀다.

그런 사실을 까맣게 모른 채 소년은 외딴 산길을 터벅터벅 걸었다. 소금 지게를 짊어지고 산모퉁이를 막 돌아섰을 때였다. 길목을 지키고 섰던 나졸들이 와락 달려들었다. 소년은 화들짝 놀라 걸음을 멈추었다.

나졸들이 다짜고짜 소금 지게를 빼앗더니 자루 속을

뒤졌다. 아이코나 세상에, 소금 자루 안에서 가죽 신발 한 켤레가 툭 튀어나오는 게 아닌가? 소년은 질겁하고 놀랐다. 생김새가 우락부락한 나졸이 냅다 소년의 뺨따귀를 후려갈겼다.

"예끼, 이 도둑놈아!"

소년은 억울함을 호소했다.

"아닙니다. 저는 도둑이 아닙니다."

우락부락한 나졸이 흥분하여 소리쳤다.

"네 이놈! 내가 나졸 생활을 20년째 하고 있는 어른이시다. 그동안 미친놈이 나 미쳤습니다, 하는 소리 못 들어 보았고, 술 취한 놈이 나 술 취했습니다, 하는 소리도 못 들어 보았다. 하물며 도둑놈이 내가 신발을 훔쳐간 도둑놈입니다, 하고 이실직고하겠느냐? 여러 말 할 것 없다. 어서 관아로 가자."

소년은 옴짝달싹 못 하고 올가미에 걸려들었다. 소년은 관아로 끌려가 마당에 무릎을 꿇은 채 앉았다.

"억울합니다. 저는 결코 도둑질을 하지 않았습니다."

허나 누구 한 사람 소년의 말을 귀담아 들어주지 않았다. 고을의 도사도 마찬가지였다. 도사가 기다란 수염을 쓰다듬으며 냅다 소리쳤다.

"소금 자루에서 가죽 신발 한 켤레가 나왔는데도 변명을 하려는 것이냐? 안 되겠구나, 저 도둑놈을 호되게 쳐라!"

험상궂게 생긴 나졸이 앞으로 썩 나서더니 소년의 등

짝에 사정없이 채찍을 휘둘렀다. 아직 여물지 못한 몸뚱이가 갈기갈기 찢어지는 것 같았다. 소년은 고통을 참느라 어금니를 꽉 깨물었다. 나졸은 계속 채찍을 휘둘렀다.

소년이 고통 속에서 울부짖었다.

"아닙니다. 저는 도둑이 아닙니다!"

그럼에도 나졸은 채찍질을 멈추지 않았다. 어여쁜 달님의 얼굴이 눈앞에서 별똥별처럼 오락가락했다. 소년은 고통을 견디다 못해 그만 까무러치고 말았다. 그제야 나졸은 채찍질을 멈추었다.

도사가 눈살을 찌푸리며 소리쳤다.

"여봐라, 저 도둑놈을 관아 밖에 내다 버려라!"

나졸들이 우르르 달려들었다. 정신을 잃고 쓰러져 있는 소년을 질질 끌어다가 길바닥에 내동댕이쳤다. 아직 팔지 않은 소금 자루와 지게는 몽땅 빼앗겼다.

추적추적 가을비가 내리고 있었다.

찬비를 맞고 소년은 겨우 정신을 차렸다. 관아에서 풀려나긴 했으나 앞일을 생각하니 걱정이 태산이었다. 몸뚱이는 만신창이가 되었고 꼬락서니는 말이 아니었다.

사람인지 도깨비인지 알아볼 수 없을 정도였다.

빗소리가 처랑하게 두 귀를 때렸다. 소년은 길바닥에 떨어져 있는 나무토막을 짚고 간신히 몸을 일으켰다.

'이제 나는 어디로 가야 하나?'

차마 소금 장수의 집으로 돌아갈 수는 없었다.

'이런 내 몰골을 보면 달님이 얼마나 괴로워할까? 아, 지난밤 달빛이 어리비치고 별빛이 강물처럼 흐르는 강가에서 한 맹세가 다 부질없는 것이란 말인가? 마음을 다 바쳐서 한 나의 맹세가 하루아침에 부셔져 버려도 되는 것인가?'

달님의 고운 얼굴이 눈앞에서 어른거렸다. 가슴이 저미는 것 같았다. 소년은 소금 장수의 집과 반대되는 방향으로 질뚝질뚝 걸어갔다. 또다시 떠돌이가 될지언정 소금 장수의 집으로 돌아갈 수는 없었다.

벼룩도 낯짝이 있다는데 어찌 그곳으로 돌아갈 수 있겠는가. 돌아가고 싶어도 돌아갈 면목이 없었다. 도둑 누명을 쓰고 소금 자루와 지게마저 빼앗겼는데 어찌 돌아갈 수가 있단 말인가. 가을비가 소년의 아픈 몸뚱이를 처량하게 적셔 주었다.

'도련님, 어서 돌아오세요.'

빗줄기를 헤치며 달님의 목소리가 들려오는 것 같았다. 소년은 정신을 추스르며 비척비척 걸음을 옮겼다. 계속해서 부르는 것 같은 달님의 간절한 목소리.

'저는 아무래도 괜찮아요. 도련님, 집으로 돌아오세요. 우리가 이렇게 헤어지면 안 되지 않나요? 지난밤의 맹세가 이토록 쉽게 잊히면 안 되지 않나요?'

하지만 소년은 소금 장수의 집 반대 방향으로 질뚝질뚝 걸어가고 있었다.

흰 사슴

어느 주막에서 며칠을 쉴 수 있었다.

주막 주인은 할아버지와 할머니 두 분이었다. 마음씨가 남달리 따스한 분들이었다. 소년이 당한 어처구니없는 사연을 듣고 정성껏 보살펴 주었다.

소년은 고마워서 눈물이 날 뻔했다. 세상엔 고약한 사람이 있는가 하면, 법 없이도 살 수 있는 착한 사람도 있다는 걸 뼈저리게 느꼈다. 하긴 장터거리에서 부딪친 수많은 사람들이 대개는 착한 마음씨를 지니지 않았던가.

어느 정도 몸을 추슬렀을 때 소년은 주막을 떠나기로

마음먹었다.

"그동안 고마웠어요. 이제 길을 떠날까 해요."

소년이 작별 인사를 하자 주막집 할아버지가 걱정스러운 눈빛을 건넸다.

"어디 갈 곳이라도 정해져 있는 것이냐?"

"갈 곳은 정해져 있지 않지만, 더 신세를 질 수도 없고 제 앞날을 하늘에 맡기고 뚜벅뚜벅 걸어가 보려고요."

할머니가 치맛자락을 들어 올려 눈가를 훔쳤다.

"애고, 앞길이 구만 리 같은 소년이 어쩌다가……."

할아버지도 걱정스럽다는 듯 말렸다.

"웬만하면 이곳에서 더 머물다가 떠나지 그러느냐?"

"말씀만 들어도 고맙습니다. 하지만 마음을 정했으니 떠나야지요. 세상을 떠돌면서 이런저런 경험을 더 쌓아야겠어요."

소년은 주막을 나섰다. 들길을 지나고 졸졸졸 흐르는 시냇물을 건넜다. 높다란 산이 눈앞을 가로막았다. 소년은 고갯마루를 넘기 위해 부지런히 걸음을 재촉했다.

얼마쯤 걷고 또 걸었을까.

뉘엿뉘엿 해가 저물고 있었다. 그제야 소년은 덜컥 겁

이 났다. 노루 꼬리만 한 해가 금방이라도 서산으로 꼴딱 넘어갈 것 같았다. 산을 도로 내려갈 수도 없고, 그렇다고 곧장 넘어가자니, 해가 저물어 길을 잃어버리지 않을까 염려되었다.

아닌 게 아니라, 소년은 이내 어둑어둑해지는 산속에서 방향을 잃었다. 잘 보이지 않는 길을 찾아 정신없이 산속을 헤맸다. 등줄기에서 식은땀이 줄줄 흘러내렸다. 다리에선 힘이 쭉 빠졌다.

그때 저만큼 떨어진 숲속에서 무언가 희뜩희뜩 눈에 띄는 게 있었다. 소년의 눈이 화등잔만 해졌다. 자세히 바라보니 머리에 뿔이 돋아난 흰 사슴이었다.

"아, 흰 사슴……!"

흰 사슴은 도망갈 생각을 않고 한자리에 멈추어 서 있었다. 흰 사슴이 맑은 눈망울을 굴리며 소년을 바라보았다. 소년은 흰 사슴 쪽으로 걸음을 떼었다. 마치 그러기를 기다렸다는 듯 흰 사슴이 폴짝폴짝 뛰어 달아났다.

소년은 헐레벌떡 흰 사슴을 뒤쫓았다.

그런데 참 이상한 일이었다. 흰 사슴은 달아나다가 멈추고 또 달아나다가 멈추곤 했다. 어서 뒤따라오라며 소년에게 신호를 보내는 것 같았다.

'알 수 없는 노릇이구나.'

소년은 흰 사슴을 계속 뒤쫓았다. 그럴수록 흰 사슴은 산속으로 깊이 들어갔다.

이윽고 붉은 해가 완전히 자취를 감추었다. 깊은 산속

이라 사방이 금세 어두워졌다. 커다란 바위 위에 흰 사슴이 우뚝 멈추어 서서 소년을 바라보았다.

이제 다 왔다는 듯 눈짓으로 말하는 것 같았다. 소년은 흰 사슴이 서 있는 커다란 바위 밑으로 다가갔다. 흰 사슴이 어둠 속으로 휙 사라졌다. 소년은 피곤에 지쳐 바위 아래 풀썩 주저앉았다.

"퐁퐁, 퐁퐁……."

가까운 곳에서 물소리가 들려왔다. 소년은 두리번거리며 주위를 살폈다. 바위 밑에 작은 샘이 있었다. 손바닥으로 샘물을 떠 마셨다. 별안간 눈이 환하게 밝아졌다. 보름달이 두둥실 산마루 위로 떠올랐다. 달빛이

사방을 훤히 비춰 주었다.

저만큼 떨어진 곳에 허름한 움막이 보였다.

'깊은 산중에 웬 움막일까?'

소년은 조심조심 움막 안으로 들어갔다. 몸뚱이가 물에 젖은 솜처럼 무거웠다. 소년은 그대로 곯아떨어졌다. 꿈인지 생시인지 알 수 없었다. 흰 수염을 기다랗게 기른 할아버지가 홀연히 눈앞에 나타났다. 흰 수염 할아버지가 따스한 눈길을 건네며 물었다.

"네 눈에 내 모습이 보이느냐?"

소년은 고개를 끄덕끄덕했다. 왠지 꿈을 꾸는 것 같았다. 흰 수염 할아버지가 빙그레 웃으면서 말했다.

"황금 연못을 찾아가거라."

소년은 묘한 기분에 사로잡혔다.

"별안간 황금 연못을 찾아가라니요? 황금

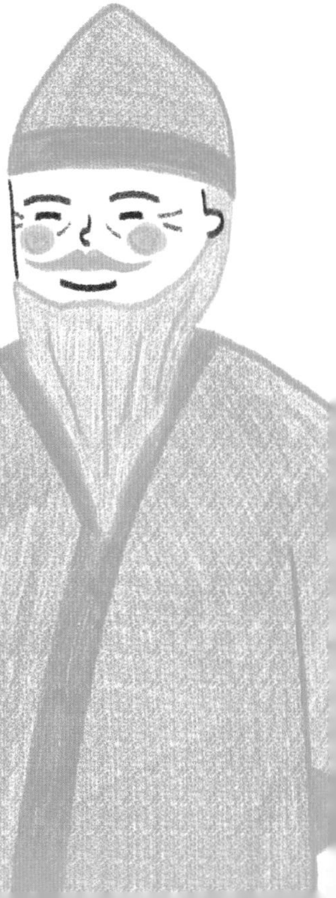

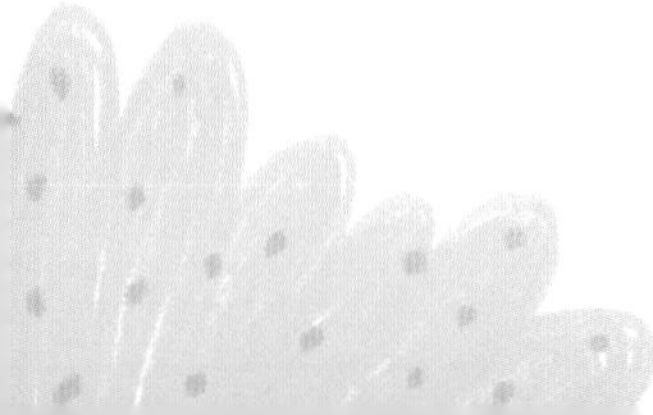

연못이 대체 어디 있는데요?”

흰 수염 할아버지가 말했다.

“봉우리가 하얀 산을 찾아가거라. 그 산기슭에 석양빛을 받아 황금빛으로 출렁이는 황금 연못이 있느니라.”

수수께끼 같은 말이었다. 황금 연못과 봉우리가 하얀 산은 당연히 처음 들어 보는 말이었다. 소년이 물었다.

“봉우리가 하얀 산이 어디에 있는데요?”

“국자처럼 생긴 일곱 개의 별. 북두칠성이 가리키는 북극성을 따라가다 보면 언젠가는 봉우리가 하얀 산에 이르게 될 것이다.”

소년이 또 물었다.

“왜 그곳을 찾아가라는 거예요? 이유가 뭔가요?”

흰 수염 할아버지가 말했다.

“앞으로 3년 동안 가뭄이 계속될 것이다. 백성들의 삶은 더욱 피폐해지겠지. 하지만 3년 가뭄이 끝날 때 네 고난도 끝날 것이다. 가뭄은 이미 시작되었다. 3년 가뭄이 끝나기 전에 봉우리가 하얀 산을 찾아가거라. 그 산기슭에 있는 황금 연못에 이르러야 해. 그것이 너에게 주어진 막중한 임무란다. 아니, 피할 수 없는 너의 운명이란다."

"봉우리가 하얀 산기슭에 황금 연못이 있다고요?"

"있으니까 찾아가라는 것이지. 설마하니 내가 세상에 없는 황금 연못을 찾아가라고 이르겠느냐?"

소년이 물었다.

"할아버지는 제가 누군지 알고 있나요?"

"그야 물론이지. 너의 아버지와 할아버지와 그 할아버지의 할아버지까지도 나는 알고 있단다. 왜냐하면 나는 너의 먼 조상이니까."

"저의 먼 조상이라고요?"

소년은 놀라 입을 다물 수가 없었다.

"오냐, 나를 시작으로 이 나라가 세워졌단다. 아득히 먼 옛날의 일이지."

그때 흰 사슴이 문득 생각났다. 소년이 물었다.

"저를 이곳으로 데려온 흰 사슴을 아세요?"

"흰 사슴은 이 나라를 지켜 주는 신령한 짐승이란다. 너의 먼 할아버지가 나라를 세울 무렵에도 흰 사슴의 도움을 받았단다. 그 뒤 나라가 어려움을 겪을 때마다 흰 사슴이 나타나 앞길을 일러 주곤 했지."

소년은 고개를 끄덕였고 흰 수염 할아버지가 다시 말했다.

"황금 연못을 찾아가는 건 오로지 너의 노력에 달려 있다. 어떤 어려움을 겪게 되더라도 임무를 포기해선 안 된다. 무사히 황금 연못에 이르게 되면, 너의 운명이 완성되고 나라는 태평성대를 이룰 것이다. 운명을 결코 가볍게 여기면 안 된다. 운명을 네 어깨에 짊어지고 무소의 뿔처럼 혼자서 당당히 가거라."

그 말을 끝으로 흰 수염 할아버지는 연기처럼 사라졌다.

"황금 연못, 황금 연못……!"

혼자 중얼대다가 소년은 번쩍 눈을 떴다. 한바탕 꿈이었다.

'참으로 희한한 꿈이로구나.'

먼동이 트려고 하는지 희끄무레한 햇살이 움막 안을 비추었다. 소년은 벌떡 자리에서 일어났다. 등 뒤에서 이상스러운 인기척을 느꼈다. 소년은 조심스레 뒤를 돌아보았다. 아이코! 세상에, 그곳에 흰 수염 할아버지가 꼿꼿이 앉아 있었다.

소년이 놀라 물었다.

"제 꿈속의 할아버지가 아니었나요?"

"꿈속의 할아버지라면 어떻고 꿈 밖의 할아버지라면 어떠냐. 네가 해야 할 일을 알았으니 뭔 걱정이란 말이냐. 다시 한번 일러 준다. 황금 연못을 찾아가거라."

소년은 흰 수염 할아버지에게 엎드려 큰절을 올렸다. 먼 조상이란 말이 번득 떠올랐던 것이다. 소년이 고개를 들었을 때 흰 수염 할아버지는 온데간데없었다.

소년은 깊은 산속 움막을 떠났다.

늙은 뱃사공

소년은 국자처럼 생긴 일곱 개의 별, 북두칠성이 가리키는 북극성을 향해 먼 길을 떠났다. 얼마쯤 가다 보니 커다란 강이 앞을 가로막았다.

강이 넓어서 도저히 그냥 건널 수 없었다. 작은 나루터가 눈에 띄었다. 소년은 한달음에 나루터로 달려갔다. 늙은 뱃사공이 양지바른 곳에 앉아 꾸벅꾸벅 졸고 있었다. 기다란 수염이 바람에 잔물결처럼 나풀거렸다.

소년이 물었다.

"할아버지, 강 건너편이 북쪽인가요?"

늙은 뱃사공이 대답했다.

"똑똑한지고. 북쪽이 맞다."

"이 배는 언제 강을 건너나요?"

"좀 기다려라. 장터에 갔던 사람들이 돌아오면 배를 띄울 참이니까."

뱃사공 곁에 털썩 주저앉으며 소년이 물었다.

"할아버지, 혹시 황금 연못을 아세요?"

늙은 뱃사공은 고개를 들지도 않은 채 설레설레 흔들었다.

"그럼, 봉우리가 하얀 산이 어디 있는지 아세요?"

"그건 별로 어려운 문제가 아니구나. 겨울이 되어 산이 하얗게 눈에 덮이면, 그게 바로 봉우리가 하얀 산 아닐까?"

늙은 뱃사공이 '안 그러냐?' 하는 표정으로 소년을 바라보았다. 소년이 '안 그런 것 같은데요.' 하는 표정으로 물었다.

"혹시 겨울이나 여름이나 항상 봉우리가 하얀 산을 아세요?"

"얘야, 나는 아직 그런 산에 가 본 적이 없구나. 허허, 그렇군. 평생토록 이 강을 건너갔다 건너오곤 했을 뿐이니까."

늙은 뱃사공이 공허하게 웃었고 소년이 말했다.

"아니에요, 틀림없이 봉우리가 하얀 산이 있다고 했어요. 그리고 그 산기슭에 황금 연못이 있다고 했고요."

"어떤 실성한 놈이 그러디?"

"꿈속에서 흰 수염 할아버지가 말해 줬어요."

"허허……, 네가 허황된 꿈을 꾼 모양이구나."

도대체 말이 통하지 않는 노인이었다. 소년은 그만 입을 꼭 다물었다.

그때 강 언덕 쪽에서 두런두런 사람들의 말소리가 들려왔다. 장터에 갔던 사람들이 돌아오는 모양이었다. 늙은 뱃사공이 나룻배 위로 펄쩍 뛰어올랐다. 장터에서 돌아온 사람들을 뒤따라 소년도 나룻배에 올랐다.

"에야디야, 에야디야……."

늙은 뱃사공이 노랫가락을 흥얼거리며 노를 저었다. 한 사내가 언짢은 표정을 지으며 공연히 투덜거렸다.

"이봐요, 영감님. 뭔 좋은 일이 있다고 노랫가락을 흥얼거려요? 흉년이 들어서 농부들은 복장이 터져서 죽을 맛인데요."

늙은 뱃사공이 허허 웃으며 대꾸했다.

"복장이 터지든 밑창이 터지든 그거야 농부님 사정이고. 모름지기 사람은 힘겨울 때일수록 노랫가락이라도 흥얼거려야 살맛이 나는 법이오."

사내가 한 번 더 투덜거렸다.

"가뜩이나 살기 힘든 세상인데 가뭄까지 겹쳐 금년 농사 다 망치게 생겼어요. 백성들은 굶주림에 허덕이고 있는데 나라님은 밤낮으로 술판이나 벌인다는 소문이 파다하니, 복장이고 밑창이고 안 터지고 배기겠어요?"

그때 한 사내가 불쑥 끼어들었다.

"썩어 문드러질 놈의 세상이야. 임금이 바뀌든지 백성

들이 굶주려서 다 죽든지 결딴이 나야지, 원. 요즘 같아선 대들보에 목을 매달고 콱 죽어 버리고 싶은 심정이오. 험한 산속으로 들어가 도적질을 할 수도 없고……."

또 한 사내가 장단을 맞추었다.

"어디 그뿐이오? 백성들이야 죽건 말건 세금은 꼬박꼬박 거둬 가지. 툭하면 죄 없는 백성들을 불러다가 성을 쌓네, 보를 막네, 하며 온갖 고된 일을 시키질 않나, 사는 게 지긋지긋해. 겨드랑이에 비늘이 돋아난 아기장수라도 나타나서 세상을 확 뒤엎었으면 좋겠구먼."

이야기를 들어 보니 백성들 살아가는 꼴이 말이 아닌 모양이었다. 소년은 입을 꼭 다문 채 뱃전에 앉아 있었다. 늙은 뱃사공이 노랫가락을 흥얼대며 말했다.

"에야디야, 에야디야……, 죽긴 왜 죽어. 개똥참외밭에서 뒹굴뒹굴 굴러도 이 세상이 저승보다 한결 낫다고 하질 않던가."

"그것도 사는 재미가 있을 때 이야기이지요. 차라리 저승으로 호적을 파 옮겨 버리면 신간이 훨씬 편하겠어요."

"그런 것도 다 욕심이지. 살다 보면 힘겨울 때도 있고 편안할 때도 있고 뭐 그런 거 아니오. 항상 살기 좋으면 세상에 걱정 없는 사람이 누가 있겠소. 어려운 고비를 잘 넘겨야 해. 그런 게 사람 사는 보람이지. 한 세상 살다가는 게 뭐 별건가?"

늙은 뱃사공은 하느님 가운데 토막 같은 말만 골라 하고 있었다. 한 사내가 불뚝 따졌다.

"영감님은 사는 게 행복하다 그 말예요?"

"행복이고 불행이고 결국 마음먹기에 달린 게 아닐까. 한겨울 맹렬한 추위도 봄이 되면 속절없이 물러가지 않느냐 말이여. 이런 간단한 이치를 모르고 세상만 한탄한다고 무엇이 바뀌겠는가! 에야디야, 에야디야……."

강기슭을 벗어난 나룻배는 어느덧 강 한가운데를 향해 미끄러지고 있었다. 강폭이 어찌나 넓은지 강 건너편이 까마득하게 보일 지경이었다. 나룻배에 탄 손님들은 제풀에 지쳤는지 하나둘 입을 다물었다.

늙은 뱃사공이 느닷없이 물었다.

"내가 재미있는 옛날이야기 한 토막 들려줄까요, 말까요?"

한 사내가 맞장구를 쳐 주었다.

"옛날이야기 좋지요. 재미있는 이야기가 있으면 해 보세요. 이야기로라도 배를 채우든가 해야지, 뱃가죽하고 등가죽이 들러붙게 생겼어요."

늙은 뱃사공이 허허 웃으며 이야기의 물꼬를 텄다.

"옛날 아주 먼 옛날 한 부자가 살았는데……."

늙은 뱃사공은 손바닥에 침을 퉤퉤 뱉은 뒤 노를 고쳐 잡았다. 그러고는 '삐거덕 삐거덕' 노를 저으며 실타래를 풀어내듯 이야기를 풀어놓기 시작했다. 나룻배에 탄 사람들은 늙은 뱃사공 쪽으로 가만히 귀를 기울였다.

"그 부자한테 아들이 둘 있었거든. 한데 큰놈은 밤낮 밖으로만 나돌아 댕겨. 못된 친구들과 어울려 술 퍼 마시고 노름에 빠져서 집구석엔 잘 들어오지도 않고 말이여. 작은놈은 허구한 날 방 안에 틀어박혀 글공부나 하며 점잖게 지냈다네. 그러던 어느 날 부자는 덜컥 병에 걸려 오늘내일하게 되었어. 큰놈에게 재산을 물려주자니 마음이 내켜야 말이지. 몇 년 안에 재산을 몽땅 거덜 낼 게 불을 보듯 뻔했으니까. 부자는 작은아들에게 재산을 물려주리라 작정했지.

에야디야, 에야디야…….

그런데 세상에, 큰놈이 어찌어찌 아비 마음을 알아차린 거야. 성질이 여간 괄괄한 놈이 아니어서 그 사실을 알고는 하늘이 낮다 하며 펄쩍펄쩍 뛰었어. 결국 재산 때문에 한바탕 싸움이 벌어졌지. 아니, 싸움이 벌어졌다기보다는 큰놈이 일방적으로 아비 재산을 몽땅 가로챈 거야. 어디 그뿐인가. 뒤탈이 날까 두려워 힘깨나 쓰는 하인들을 시켜 동생을 죽여 버렸어. 세상에, 재산 때문에 동생을 죽이다니, 쯧쯧!

에야디야, 에야디야……."

그때 한 사내가 공연히 투정을 부렸다.

"거, '에야디야, 에야디야' 하는 소리는 뺄 수 없나요?"

"공짜로 이야기를 들으면서 별 참견을 다 하는구먼."

늙은 뱃사공이 핀잔을 준 다음 이야기를 계속했다.

"부자의 작은아들은 생각할수록 자신의 죽음이 억울했어. 하지만 어쩌겠나 이미 죽은 목숨인걸. 눈물을 뿌리며 저승길을 가게 되었지. 터덜터덜 한참을 걸어가는데 불현듯 집에 있는 아들의 앞날이 걱정되는 거야. 다섯 살 된 어린 아들이 하나 있었거든. 자신을 죽인 형의 손아귀에 아들을 남겨 놓았으니 어찌 걱정이 안 되었겠어.

기왕에 죽어 저승으로 가는 길. 딱 한 번 아들 얼굴이라도 보고 갈 수 있다면 여한이 없을 것 같더라나? 아들을 만나 꿋꿋하게 잘 살아가라고 신신당부하고 싶었던 거야. 죽은 사람이 별 걱정을 다해, 하하하. 아무튼 부자의 작은아들은 저승으로 향하던 발길을 돌렸어. 그러고는 허둥지둥 옛집을 향해 달려갔는데,

에야디야, 에야디야…….

아 글쎄, 갈 때는 보이지도 않던 드넓은 강이 앞길을 턱 가로막는 거야. 둘레둘레 살펴보니 조그만 나루터가 눈에 띄겠지. 한달음에 나루터로 달려갔지. 웬 노인이 나룻배에 걸터앉아 꾸벅꾸벅 졸고 있더라나.

에야디야, 에야디야…….

작은아들은 뱃사공 노인을 붙들고 애걸복걸했어. 속히 강을 건너가게 해 달라고. 그러자 노인이 묻는 거야. 어디를 가는데 이토록 헐떡대느냐고. 집에 가는 길이라고 대답했지. 집에는 왜 가느냐고 또 묻더래. 집에 있는 어린 아들이 걱정되어 발길을 되돌리게 되었다고 사실대로 대답했지. 뱃사공 노인이 한참 동안 흘끗흘끗 쳐다보

더니 이러는 거야. 죽은 놈이 저승길이나 갈 것이지, 뭔 미련이 남아 옛집을 찾아가느냐고. 그 말을 듣고 작은아들은 덜컥 심장이 내려앉을 뻔했어. 뱃사공 노인이 저승사자처럼 무섭게 보였던 거야.

에야디야, 에야디야…….

사람의 미련이란 게 뭔지. 작은아들은 막무가내로 졸라 댔어. 속히 강을 건너가게 해 달라고. 뱃사공 노인이 절레절레 고개를 저으며 타이르더래. 세상 미련일랑 훌훌 털어 버리고 어서어서 저승길이나 가라고. 작은아들은 다 듣기 싫으니, 강이나 건너가게 해 달라고 생떼를 쓰다시피 했어. 노인도 하는 수 없던 모양이야. 허허허 웃으며 깔딱깔딱 손짓을 하더라나. 나룻배에 올라타라는 신호였지.

작은아들이 허겁지겁 나룻배에 올라타자 뱃사공 노인이 묻더래. 두 갈래 뱃길이 있는데 어느 물길로 가려느냐고. 한쪽은 물살이 험한 대신에 빨리 건널 수 있고, 다른 쪽은 물살은 잔잔한데 시간이 꽤 걸린다면서 말이야. 작은아들은 선뜻 결정을 못 내리고 우물쭈물했어. 노인이 빨리 선택하라며 호통을 치더라나.

에야디야, 에야디야…….

작은아들은 조급한 마음에 빠른 물길로 가자고 했어. '까짓것 그럽시다!' 하더니만 노인이 힘차게 노를 저어대기 시작했지.

미끄러지듯 한참을 가다가 강 중간에 이르렀는데, 어찌나 물살이 험한지 기우뚱기우뚱 배가 금방이라도 뒤집힐 것 같더래. 작은아들은 멀미가 나 죽을 지경이었어. 뱃바닥에서 이리 데굴데굴 저리 데굴데굴 구르다가 그만 정신을 잃고 말았지.

얼마나 시간이 흘렀을까?

겨우 정신을 차려 보니 나룻배가 전혀 움직이질 않는 거야. 강기슭 나루터에 한가롭게 떠서 말이야. 작은아들이 '아이코, 이제 살았구나.' 하며 물었어.

'영감님, 언제 강을 다 건너왔어요?'

그러자 세상에나, 뱃사공 노인이 이러는 거야.

'아니야, 자네가 기절하는 바람에 그만 돌아오고 말았어. 이 나룻배는 손님이 정신을 잃고 쓰러지면 더는 앞으로 나아가질 못하거든.'

에야디야, 에야디야…….

작은아들이 그럼 이제 어떡하느냐고 물었어. 노인이 아직 잔잔한 물길이 남아 있으니 그리로 가 보겠느냐고 되묻겠지. 얼른 그러자고 했어. 어린 아들을 보고픈 마음이 하도 간절하여 다른 생각할 겨를이 없었지. 뱃사공 노인이 군소리 없이 노를 잡더니만 넌지시 이러더라는 거야.

'시간이 꽤 걸릴 걸세. 지루하더라도 잘 참아 내기를 바라네.'

작은아들은 시간이 걸려 보았자 얼마나 걸리겠는가 싶었지. 강 건너편을 바라보며 느긋한 마음으로 앉아 있었어.

한데 어찌 된 놈의 뱃길이 가도 가도 끝이 없네. 강 건너편이 손에 잡힐 듯 잡힐 듯 가까이 보이는데, 가고 또 가도 뱃길이 조금도 줄어들지를 않아. 노인은 부지런히 노를 젓고, 나룻배는 강 건너편을 향해 쉬지 않고 나아가고 있는 데도 그래. 거참 이상한 일이지.

에야디야, 에야디야…….

작은아들이 조바심이 나서 물었어. 얼마를 더 가야 강

건너편에 닿게 되느냐고. 노인의 대답이 참 엉뚱해.

'마음을 조급하게 먹을수록 이 나룻배는 그만큼 더디 간다네.'

환장을 할 노릇이었지. 작은아들이, 에라 모르겠다, 차라리 헤엄쳐서 건너가는 게 빠르겠군, 하고 배에서 텀벙 뛰어내리려다가 아차 싶어서 꾹 참았어. 강 건너편이 까마득히 멀게 느껴졌던 거야.

그래서 생각을 바꾸었지. 한잠 늘어지게 자고 나면 강 건너편에 닿아 있겠지, 하고 말이야. 작은아들은 나룻배에 앉아 꾸벅꾸벅 졸다가 혼곤히 잠에 빠져들었어. 한잠 늘어지게 자고 났을 때야. 배가 나루터에 한가롭게 떠 있더라나.

기쁜 마음에 대뜸 물었지.

'영감님, 이제 강을 다 건너온 거예요?'

노인이 혀를 끌끌 차며 하는 말.

'아니야. 자네가 잠에 빠져드는 바람에 그만 돌아오고 말았어. 이 나룻배는 손님이 잠들면 더는 앞으로 나아가질 못하거든.'

에야디야, 에야디야…….

결국 강을 건너질 못했어. 두 군데 물길을 다 놓쳐 버렸으니까. 작은아들은 하늘이 무너져 내리는 것 같은 슬픔에 흐느적거렸지. 그때 노인이 배에서 내리지 않고 뭐 하느냐며 마구 호통을 치더래. 그러니 어쩌느냔 말이야. 하는 수 없이 나룻배에서 내리고 말았지. 작은아들은 땅을 치며 한동안 대성통곡했어. 그러자 뱃사공 노인이 다가와 어깨를 토닥토닥 두드려 주면서 이러더래.

'어린 아들을 세상에 남겨 놓고 떠나는 아비 심정이 여북하겠는가. 하지만 이승과 저승이 하늘만큼 땅만큼 서로 멀찍이 떨어져 있는 걸 어찌하겠나. 그래서 내가 일찌감치 미련을 훌훌 털어 버리라고 했던 것일세. 이제 세상사 근심 걱정 다 잊어버리고 저승길을 떠나게나.

누가 또 아는가. 자네 아들이 조상님의 보살핌을 받고 굳세게 살아가려는지. 소년의 앞날은 누구도 예측하기 어려운 법이야. 함부로 예측해서도 안 되고 말이야. 죽은 사람이 산 사람을 걱정한다고 무엇이 달라지겠는가. 산 사람은 산 사람대로 하루하루 열심히 살아가면 그걸로 족한 것이지. 살다 보면 좋은 날도 찾아오는 것이려니…….'

이렇듯, 한번 떠나면 다시 돌아올 수 없는 곳이 저승이라오. 그러니 사는 게 지긋지긋하다느니, 차라리 목을 매달고 캭 죽었으면 좋겠다느니, 하는 헛소릴랑 아예 입 밖으로 꺼내지도 말라 그 말이오, 내 말은.

에야디야, 에야디야…….

이야기를 하다 보니 어느새 건너편 나루터에 다 왔구먼. 뭣들 하는 거요. 어서 배에서 내리지 않고. 어서들 내려. 이 나룻배는 저승 가는 배가 아니라니까!"

늙은 뱃사공이 냅다 소리를 지르는 통에, 이야기에 폭 빠져 있던 손님들은 화들짝 정신을 차렸다. 손님들은 단잠에서 막 깨어난 사람처럼 끔벅끔벅 눈망울을 굴리면서 터벅터벅 나룻배에서 내렸다.

소년도 나룻배에서 내렸다.

얼마쯤 걷자니 두 갈래 길이 나왔다. 나룻배에 탔던 손님들은 왼쪽으로 휘어진 마을 길로 접어들었다. 소년은 곧게 뻗은 북쪽 길로 방향을 잡았다. 왜 그랬을까. 소년은 걷다가 문득 걸음을 멈추었다. 그러고는 늙은 뱃사공이 들려준 이야기를 찬찬히 곱씹어 보았다.

'부자는 누구일까? 부자의 작은 아들은 누구일까? 그

리고 다섯 살 된 어린 아들은 또 누구일까?'

깊은 산속 오두막집에 머물 때 할아버지에게 귀에 딱지가 앉도록 들었던 가슴 먹먹한 이야기. 작은 왕자가 억울하게 죽임을 당했다는 이야기. 그리고 작은 왕자에게 다섯 살 된 어린 아들이 있었다는 이야기.

생각이 거기에 미치자 소년은 가슴이 뜨거워졌다.

'늙은 뱃사공이 구성지게 들려주던 부자의 작은 아들 이야기는 결국 나 들어 보라고 해 준 것이었을까?'

그렇게 생각하니 꼭 그런 것 같았다. 소년은 곰곰이 생각에 잠겼다.

'그러했겠구나. 억울하게 죽은 내 아버지도 저승 가는 길이 한없이 막막했겠구나. 다섯 살 된 어린 아들의 앞날이 몹시도 걱정되었겠구나. 그렇다면 비극적인 죽음을 맞이한 아버지를 위해 나는 무엇을 해야 하는 것일까? 아버지의 억울한 죽음을 생각해서라도 당당하게 세상을 헤쳐 나가야 하는 것일까? 그나저나 아버지는 저승에서 마음을 편안하게 다스리고 계실까?'

소년은 가만히 고개를 끄덕였다.

'그래, 황금 연못을 찾아가자. 죽은 아버지가 나를 그

곳으로 내모는 것인지도 모르니까. 이것이 나의 운명이라면 거부하지 않으리라. 주저하지도 않으리라!'

소년은 몸을 돌려 강 쪽을 바라보았다. 늙은 뱃사공이 나룻배를 저으며 느릿느릿 강을 건너가고 있었다.

"에야디야, 에야디야……."

늙은 뱃사공이 흥얼대는 노랫가락이 꿈결처럼 아득하게 들려왔다.

가막산 산적

소년은 북쪽을 향해 걸음을 재촉했다.

며칠이 지난 어느 날 높다란 산이 앞길을 가로막았다. 마침 길을 가는 나그네가 있어 물어보았다.

"이 산 이름이 무엇인가요?"

"가막산이다. 가막산 고갯마루에 도적 떼가 출몰한다는 소문이 있으니 멀찍이 돌아가는 게 좋을 거야."

그 말을 짐짝처럼 부려 놓고 나그네는 휭하니 떠나 버렸다.

'도적 떼가 무서워 멀찍이 돌아간다면 어느 천년에 황금 연못을 찾아가겠나?'

소년은 마음을 굳게 먹고 가막산을 오르기 시작했다. 산은 높고 험했다. 골짜기는 깊고 울울창창했다. 산길을 걷는 사람은 소년 혼자뿐이었다. 도적 떼가 출몰한다는 소문 때문에 사람들의 발길이 뜸한 것 같았다.

두 사람이 겨우 지날 수 있는 조붓한 산길이 굽이굽이 이어져 있었다. 울울창창한 숲속에선 '비요, 비요' 산새들이 지저귀고 있었다. 아름다운 산새 소리가 들려오고 있건만 몸은 으슬으슬 떨렸다. 언제 도적 떼가 나타날지 알 수 없었으므로.

바로 그때였다.

"네, 이놈!"

별안간 천둥 치는 소리가 들려왔다. 깜짝 놀라 뒤돌아보니 텁수염이 시커먼 사내 둘이 떡하니 버티고 서 있었다. 한눈에 도적이란 걸 알 수 있었다. 후닥닥 달아나려고 했으나 그저 생각뿐이었다.

도적 둘이 소년의 팔뚝을 붙잡았다. 그러고는 패거리가 있는 곳으로 끌고 갔다. 도망칠 엄두가 나질 않았다. 가막산 고갯마루에서 뛰어 보았자 벼룩이고, 도망쳐 보았자 도적들의 손바닥 안이었다.

코가 주먹만 한 도적이 물었다.

"어린놈이 겁대가리를 상실했구먼. 여기가 어딘 줄이나 알고 오른 것이냐?"

주먹코는 패거리의 우두머리 같았다. 소년이 차분하게 말했다.

"모릅니다. 무작정 산을 넘어 북쪽으로 가는 길이었어요."

주먹코가 졸개에게 명령했다.

"어린 나그네라도 외상은 없다. 자루 세 개를 이리 가져오너라."

"네, 두목님."

졸개가 재빨리 가죽 자루 세 개를 가져와 두목 앞에 내려놓았다. 주먹코가 담배쌈지만 한 가죽 자루를 가리키며 말했다.

"세 개의 자루 속에 각각 다른 물건이 들어 있다. 모두 하늘과 땅의 이치를 담은 물건들이지. 자루 속에 들어 있는 물건을 알아맞히면, 당연히 못 알아맞히겠지만, 네 목숨은 물론 머리카락 한 올 건드리지 않을 것이다. 그 대신 알아맞히지 못하면 네 몸에 지니고 있는 물건을 몽땅 내놓아야 한다. 땡전 한 푼 없을 때는 목숨을 내놓아야 한다. 이것이 우리의 법칙이다."

도적 떼 주제에 법칙을 내세우다니 소년은 하마터면 웃음이 터질 뻔했다. 하지만 드러내 놓고 웃거나 따질 수는 없었다. 소년이 두 눈을 똑바로 뜨고 말했다.

"그전에 한 가지 물어볼 게 있어요."

"어린놈이 당차구나. 좋다, 무엇이냐?"

"혹시, 황금 연못을 아세요?"

"황금 연못이라……?"

주먹코가 졸개들을 둘러보았다. 졸개들이 다투어 고개를 저어 댔다.

"우리는 황금 연못을 모른다."

"그럼, 일 년 내내 봉우리가 하얀 산은 아세요?"

주먹코가 코를 씰룩이며 말했다.

"일 년 내내 봉우리가 하얀 산이라고? 이놈아, 세상천지에 그런 산이 어디 있느냐? 보자 보자 하니까 어린놈이 아주 맹랑하구먼. 잔꾀 부리지 말고 냉큼 수수께끼나 알아맞혀라."

"저는 황금 연못을 찾아가야 해요. 그냥 보내 주면 안

될까요? 그럼 그 은혜 평생토록 잊지 않을게요."
"네 이놈, 잔말이 많구나!"
주먹코가 허리에 차고 있던 칼을 쑥 빼어 소년의 목에 갖다 대었다. 얼음덩어리가 닿은 듯 목덜미가 서늘했다. 겁 많은 사람 같았으면 질겁하고 까무러쳤을지도 모를 일이었다. 소년은 어디까지나 침착했다.
"황금 연못을 꼭 찾아가야 하는데……."
그때였다.
"잠깐, 멈추시오!"
소년은 물론 가막산 도적들도 소리 난 쪽을 바라보았다. 열 발자국쯤 떨어진 곳에 삿갓을 깊이 눌러쓴 사내가 통나무처럼 우뚝 서 있었다.
주먹코가 두 눈을 부라리며 물었다.
"네놈은 누구냐?"
"길을 가던 나그네요. 보아하니 도적들 같은데 어린 소년이 무슨 죄가 있다고 그러시오. 소년을 풀어 주시오."
주먹코가 졸개들에게 명령했다.

"저놈을 당장 붙잡아 무릎을 꿇려라!"

졸개들이 우르르 삿갓을 깊이 눌러쓴 사내에게 덤벼들었다.

"이놈들! 저리 비키지 못하겠느냐?"

사내가 짚고 있던 지팡이를 번개처럼 휘둘렀다. '아이코!' 소리를 지르며 졸개 둘이 앞으로 팩 고꾸라졌다. 사내가 뚜벅뚜벅 주먹코 앞으로 다가섰다. 주먹코가 두 눈을 휘둥그렇게 뜨며 뒤로 주춤 물러섰다.

"이 아이를 풀어 준다면 내가 자루 속에 들어 있는 물건을 알아맞혀 보리다."

순간 주먹코는 긴장이 풀린 모양이었다. 껄껄거리며 한바탕 웃어 젖히더니, 호탕한 척 말했다.

"듣던 중 반가운 소리로군. 좋소이다!"

주먹코가 칼끝으로 첫째 자루를 가리키며 물었다.

"아직껏 아무도 알아맞히지 못했다. 알아맞히면 무사하겠지만 알아맞히지 못하면 목숨을 잃을 수 있다. 자, 첫째 자루 안에 무엇이 들어 있는가?"

삿갓을 깊이 눌러쓴 사내는 지그시 눈을 감았다. 꼿꼿한 자세로 서서 전혀 움직임을 보이지 않았다. 명상에 깊이 잠겨 있는 도사 같았다. 얼마쯤 시간이 흘렀을까. 사내가 눈을 뜨더니 조용히 입을 열었다.

"가을이 되면 수많은 꽃들이 다투어 피어난다. 해바라기는 가을꽃 중에서 단연 으뜸이다. 껑충한 꽃대 위에 보름달 모양으로 피어나는 해바라기. 가을이 깊어지면 고개를 숙이고 씨앗을 맺는다. 해바라기는 하늘을 바라보며 희망을 꿈꾸는 꽃이다. 즉 해바라기는 하느님이 지상으로 내려온 모습이다."

사내가 잠시 말을 멈추었다. 주먹코와 졸개들이 멀뚱멀뚱 사내를 바라보았다. 사내가 말했다.

"첫째 자루 안에는 해바라기 씨앗 세 개가 들어 있다."

"우아, 귀신이다!"

졸개들은 헤벌쭉 벌어진 입을 다물지 못했다. 첫째 자루 안에는 해바라기 씨앗 세 개가 들어 있었던 것이다. 주먹코는 역시 두목다운 데가 있었다.

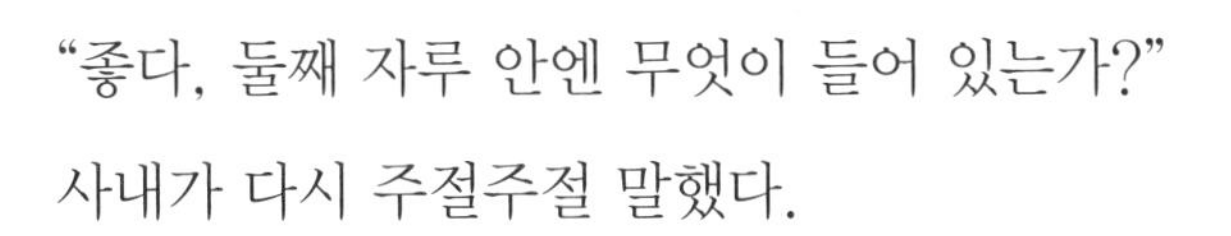

"좋다, 둘째 자루 안엔 무엇이 들어 있는가?"

사내가 다시 주절주절 말했다.

"길고 긴 기다림 끝에, 애벌레에서 탈바꿈하여 성충이 되는 곤충이 있다. 그 곤충의 이름은 매미이고 애벌레는 굼벵이라 한다. 매미는 7일 동안의 짧은 삶과 7년 동안의 긴 기다림을 끝없이 반복한다.

매미 한 마리가 세상에 태어났다가 땅속으로 돌아가는 것도 하늘의 섭리이다. 굼벵이는 7년 동안 지루하고도 끔찍한 땅속의 기다림이 서러워, 매미로 살아가는 7일 동안, 푸른 하늘을 우러르며 그악스레 울어 대는 것이다. 둘째 자루 안에는 굼벵이 세 마리가 들어 있다.”

“우아, 족집게 도사다!”

졸개들은 또다시 헤벌쭉 벌어진 입을 다물지 못했다. 둘째 자루 안에는 굼벵이 세 마리가 들어 있었던 것이다. 주먹코는 역시 두목다운 데가 있었다.

“대단하구먼. 셋째 자루 안엔 무엇이 들어 있는가?”

기다렸다는 듯 사내가 대답했다.

“하늘과 땅 사이에 귀하디귀한 생명이 있으니 곧 사람이다. 누구도 사람의 생명을 함부로 해쳐선 안 된다. 사람은 하늘과 땅과 더불어 세상을 가꾸어 가는 주인이기 때문이다. 사람의 몸 가운데 머리는 가장 중요한 부분이다. 그래서 머리를 보호하기 위해 머리카락이 덮여 있는 것이다. 셋째 자루 안에는 사람의 머리카락 세 가닥이 들어 있다.”

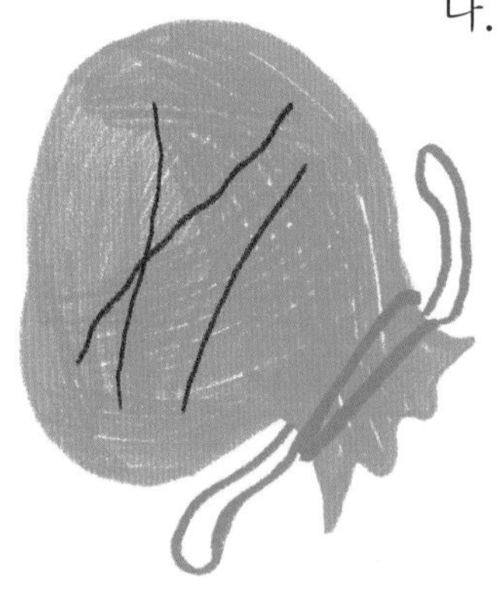

“우아, 가막산 산신령이 따로

없네, 따로 없어!"

졸개들은 도대체 믿을 수 없다는 듯 고개를 절레절레 저었다. 셋째 자루 안에는 사람의 머리카락 세 가닥이 들어 있었던 것이다. 주먹코도 진정 놀라는 모습이었다.

가을 햇살이 눈부시게 내리쬐고 있었다. 도적들은 제 정신을 잃은 사람처럼 멀뚱멀뚱 서 있었다. 잠시 뒤 주먹코가 땅바닥에 털썩 무릎을 꿇었다. 그러고는 머리를 조아린 채 말했다.

"저희가 지혜로운 선비님을 몰라뵈었습니다. 용서하여 주십시오."

나머지 졸개들도 앞다투어 무릎을 꿇었다. 삿갓을 깊이 눌러쓴 사내는 졸지에 지혜로운 선비가 되었다. 선비가 눈 한번 꿈적하지 않고 말했다.

"자, 그럼. 나는 그만 가 보겠소."

선비가 소년의 손을 잡고 막 자리를 뜨려고 했을 때였다. 주먹코가 선비의 바짓가랑이를 부여잡고 사정했다.

"저희 산채에서 며칠만 쉬었다 가십시오. 못나고 어리석은 도적놈들을 불쌍히 여기시고, 작은 가르침이라도 베풀어 주고 가십시오. 선비님, 제발 부탁입니다."

선비가 딱 잘라 말했다.

"아니오. 나는 갈 길이 바쁜 사람이오."

"이대로 보내 드릴 수는 없습니다. 지혜로운 선비님을 정성껏 대접할 수 있는 기회를 주십시오."

"그렇다면 한 가지 약속해 주시오."

"예, 무엇이든 말씀하십시오."

"앞으로 내가 하라는 대로 따르겠소?"

주먹코가 졸개들을 한차례 훑어본 뒤 대답했다.

"예, 선비님 뜻을 따르겠습니다."

선비가 말했다.

"오늘 이후로, 행인들을 겁박해 돈과 재물을 털고, 등짐장수의 물건을 빼앗는 일을 그만두시오. 사람의 목숨을 빼앗는 일이 있어서도 안 되오."

주먹코가 조심스레 물었다.

"우리는 도적인데 그럼 어찌 살아가란 말씀입니까?"

"의로운 도적이 되시오. 백성들의 등골을 빼먹는 탐관오리를 혼내 주고, 관아의 창고에 차곡차곡 쌓여 있는 곡식을 터시오. 제 욕심만 채워 살집이 피둥피둥한 졸부의 재물을 빼앗도록 하시오. 빼앗은 곡식과 재물을 당신들의 산채로 다 가져오지 말고, 그 절반을 가난한 백성들에게 나눠 주시오. 이것이 의로운 도적이 가야 하는 길이오."

주먹코가 고개를 주억거렸다.

"예, 선비님 뜻을 따르겠습니다. 기꺼이 의로운 도적의 길을 가겠습니다."

선비가 힘주어 말했다.

"좋소, 산채로 갑시다."

선비는 도적들을 따라 산채로 갔다. 소년도 선비를 따라 함께 갔다. 선비와 소년은 도적들에게 융숭한 대접을 받고 하룻밤을 묵었다. 아니, 하룻밤만 묵은 게 아니었다. 주먹코가 응석받이처럼 어찌나 붙잡고 떼를 쓰는지 하루하루 머문다는 게 어느덧 보름이 훌쩍 지나가 버렸다.

어느 날 소년이 선비에게 물었다.

"선비님은 황금 연못을 아세요?"

"황금 연못이라? 누가 그런 말을 해 주더냐?"

소년은 흰 사슴과 흰 수염 할아버지에 대한 이야기를 들려주었다. 선비가 고개를 끄덕이며 말했다.

"물론 알고 있다. 하지만 지금 가르쳐 줄 수는 없구나."

"봉우리가 하얀 산도 아세요?"

"물론이다. 하지만 그것 역시 지금 가르쳐 줄 수는 없구나."

소년이 기쁨 반 실망 반이 섞인 표정으로 물었다.

"왜 가르쳐 줄 수 없어요?"

"너 스스로 깨달을 때까지 글을 가르쳐 줄 수는 있다. 내게서 글을 배워 볼 생각이 있느냐?"

"이곳에서요?"

"그래 이곳에서."

소년이 시무룩한 표정으로 말했다.

"저는 갈 길이 바쁜데요?"

"허어, 이런 답답한 소년을 보았나!"

선비가 나무라듯 말했다.

"황금 연못이 어디 있는지 깨달으면 열흘이면 충분히 찾아갈 수 있다. 하지만 어디 있는지 모른 채 무턱대고 헤맨다면 3년이 지나도록 못 찾아갈 수도 있다. 이런 간단한 이치를 모른 채 마음만 조급해서야 되겠느냐?"

"선비님께 글을 배우면, 봉우리가 하얀 산과 황금 연못이 어디 있는지 알 수 있을까요?"

"네가 열심히 배우면 빨리 깨닫게 될 것이고, 게으름을 피우면 그만큼 늦어지겠지. 어찌할 테냐?"

"알았어요. 선비님께 글을 배우겠어요."

그리하여 소년은 가막산 도적들의 산채에 머물며 글공부를 하게 되었다.

가을이 가고 추운 겨울이 왔다. 겨울이 가고 다시 새봄이 찾아왔다. 소년은 선비와 함께 가막산 도적들의 산채에 계속 머물렀다. 세월이 흐르는 줄도 모른 채 오로지 글공부에 매진하면서.

제비와 점쟁이

이쯤에서 세월을 거슬러 올라가야겠다.

소년의 아버지 즉, 작은 왕자는 형의 칼날에 억울하게 목숨을 잃었다. 큰 왕자는 왕을 상왕으로 올려 앉히고 자신이 임금의 자리를 차지했다. 좌가려는 최고 벼슬인 국상이 되었다.

그전에 이런 일이 있었다.

큰 왕자와 좌가려는 작은 왕자의 다섯 살 난 아들이 감쪽같이 사라진 사실을 알고 몹시 분개했다. 그리하여 군사들을 풀어 어린 조카를 붙잡아 들이라 명령했다. 조카마저 죽여 뒤탈을 없애고 싶었던 것이다.

군사들이 방방곡곡을 이 잡듯이 뒤졌으나, 하늘로 솟았는지 땅속으로 꺼졌는지, 늙은 하인과 어린 조카를 찾아내는 데 실패했다.

그 뒤 오랜 세월이 흘렀다.

임금은 백성들을 돌보기는커녕 미치광이처럼 흥청망청 세월을 보내는 데 정신이 팔려 있었다. 나라 꼴이 말이 아니었다. 두 해째 가뭄이 들어 백성들의 삶은 팍팍하기 이를 데 없었다. 그러자 백성들 사이에서 이상한 소문이 나돌았다.

'3년째 가뭄이 계속되면 나라가 뒤집어진다!'

그 무렵 나라의 앞날을 걱정하는 신하가 둘 있었다.

한 신하는 국상 좌가려였다. 좌가려는 미치광이 임금 때문에 안절부절못했다. 임금이 굳건히 권좌를 지키고 있어야, 자신도 국상의 자리에 오래오래 머물 수 있다고 믿었으니까. 좌가려는 나라보다 자신의 앞날을 더 염려하는 벼슬아치였다.

창조리란 대신은 자신보다 나라의 앞날을 더 걱정하는 보기 드문 충신이었다. 간신 좌가려와 미치광이 임금 때문에 나라가 위기에 빠졌다고 판단했다. 창조리는 나라를 바로잡고자 틈틈이 기회를 엿보았다.

어느 날 국상 좌가려는 걱정이 되어 점쟁이를 불러들였다. 앞날을 훤히 내다본다는 소문난 점쟁이였다. 시치미를 뚝 떼고 점쟁이가 물었다.

"무슨 일로 소인을 부르셨나이까?"

좌가려가 나지막이 물었다.

"지금 온 나라에 이상한 소문이 퍼져 있다지?"

"아, 네에. 3년째 가뭄이 계속되면 나라가 뒤집어진다는 소문 말이옵니까?"

"옳지. 그 소문을 어찌 생각하는고?"

점쟁이가 품 속에서 새 한 마리를 꺼냈다.

"이 새를 자세히 보십시오."

좌가려가 찬찬히 새를 살펴보았다.

"어허, 붉은색 제비가 아니냐?"

"그러하옵니다."

"이 제비가 어떻다는 것이냐?"

"소인의 말을 들어 보옵소서."

점쟁이가 차분한 목소리로 말했다.

"지난해부터 저희 집 처마 밑에 깃들어 사는 제비입니

다. 처음엔 다른 제비들처럼 등이 온통 검은색이었지요. 지난해 가뭄이 시작되면서부터 꼬리 쪽에 붉은 점이 나타나더니, 차츰차츰 퍼져 머리 쪽만 남겨 두고 온통 붉은색으로 변했습니다."

"그게 무슨 징조인고?"

"붉은색은 남쪽을, 검은색은 북쪽을 가리킵니다. 한데 붉은색이 차츰차츰 검은색을 먹어 치우고 있습니다. 남쪽에서 새로운 기운이 북쪽을 향해 올라오고 있다는 뜻이옵니다."

"새로운 기운이 남쪽에서 올라온다고?"

"그러하옵니다. 그 기운은 천하장사라도 막을 수가 없습니다. 하늘의 뜻이기 때문입니다. 3년째 가뭄이 계속되면 나라가 뒤집어진다는 소문과, 붉은색 제비가 보여 주는 뜻이 같사옵니다. 내년까지 가뭄이 계속되면, 이 제비는 머리까지 완전히 붉은색으로 변할 것이고, 그때는 나라가 뒤집히고 임금도 바뀌게 되옵니다."

좌가려가 팔다리를 부들부들 떨며 소리쳤다.

"네 이놈! 뉘 앞이라고 함부로 주둥이를 놀려 대느냐?"

나라가 뒤집히고 임금이 바뀐다는 데 어찌 놀라지 않겠는가.

"소인은 아는 대로 말씀드렸을 뿐이옵니다. 듣기 싫으시다면 이만 물러갈까 하옵니다."

좌가려는 잠시 머리를 굴렸다. 점쟁이를 그냥 돌려보내자니 기분이 영 춥춥했다.

"한 가지만 묻겠노라. 남쪽에서 올라온다는 새로운 기운이란 무엇을 뜻하느냐?"

"하늘이 내려 주신 왕의 기운입니다."

“어찌 한 나라에 두 임금이 있을 수 있단 말이냐? 하늘로부터 왕의 기운을 받은 자가 누구인지 속 시원히 밝히지 못할까!”

점쟁이가 결심한 듯 말했다.

“지금으로부터 정확히 아홉 해 전. 지금의 임금께선 어진 동생을 죽이고 왕의 자리를 꿰찼습니다. 그때 어진 동생에겐 다섯 살 된 어린 아들이 있었습니다. 국상 나리께서도 알고 있는 사실이라 생각하옵니다.

그때 늙은 하인이 다섯 살 된 어린 왕자를 데리고 먼 남쪽으로 달아났지요. 하늘이 내려 주신 왕의 기운이란 바로 그 왕자님을 가리키옵니다. 지금은 열네 살 어엿한 소년 장부가 되어 있을 것이옵니다.”

“뭐라고? 그때 그 어린 왕자가 아직 살아 있단 말이냐?”

“그러하옵니다. 하늘의 도움으로 꿋꿋하게 살아 있습니다. 그뿐이 아니라, 임금의 자리를 물려받기 위해 지금 먼 남쪽에서 왕궁을 향해 올라오고 있사옵니다.”

좌가려가 냅다 소리쳤다.

“듣기 싫다! 그때 그 어린 왕자가 아직껏 살아 있다면 군사들을 풀어 죽여 없애면 그만이다!"

"하늘이 그분을 돌보고 있기 때문에 쉽사리 죽일 수는 없을 것이옵니다. 예로부터 제아무리 큰 권세도 10년을 넘기기 어렵다고 했습니다. 내년이면 지금의 임금님이 권좌에 오른 뒤 꼭 10년째가 되옵니다. 이번 일은 하늘의 뜻인지라, 누구도 거스르기 어려울 것이옵니다."

"네 이놈, 당장 그 주둥이를 닥치지 못할까!"

점쟁이는 그만 입을 다물었다. 할 말을 다 했으니 입을 다물지 말라 하여도 다물 수밖에 없었다.

"소인은 그만 물러갈까 하옵니다."

점쟁이가 물러나려고 하자 좌가려가 황급히 물었다.

"잠깐! 그때 그 어린 왕자가 지금 왕궁을 향해 남쪽에서 올라오고 있다고 하였느냐?"

"네, 그러하옵니다."

"어디쯤 오고 있느냐?"

"소인도 거기까진 자세히 모르옵니다. 하지만 때가 되면 왕궁 앞에 모습을 나타낼 것이옵니다."

"알았다. 그만 물러가거라! 그 대신 이 사실을 입 밖에 내서는 안 되느니라. 입 밖에 냈을 때는 네놈 모가지가 어깨 위에 붙어 있지 못할 것이다."

"예, 소인은 더 이상 드릴 말이 없사옵니다. 이 사실을 입 밖에 내지도 않을 것이옵니다. 왜냐하면 소인의 입과 혀와 상관없이 이루어질 것은 이루어지게 되어 있으니까요."

점쟁이는 좌가려의 집을 나섰다.

그 뒤 좌가려는 두려움에 부들부들 몸을 떨었다. 그러다가 번쩍 정신을 차리고는 어린 왕자를 잡아 죽일 궁리에 골몰했다. 좌가려는 수백 명의 칼잡이를 방방곡곡에 풀었다. 그러는 한편 왕궁을 물샐틈없이 지키라는 특명을 내렸다.

칼잡이들이 방방곡곡을 이 잡듯이 뒤졌다. 하지만 어린 왕자를 잡아 죽였다는 소식은 들려오지 않았다. 그때 어린 왕자는 가막산 도적들의 산채에 머물고 있었으니까. 지혜로운 선비 밑에서 글공부를 하느라 세상 소식을 까맣게 몰랐다.

한 달이 지나고 두 달이 지났다. 어린 왕자를 잡아 죽였다는 소식은 들려오지 않았다. 세 달이 지나고 네 달이 지났다. 여전히 희소식은 없었다. 마침내 반 년이 지났건만 꿩을 구워 먹은 듯 그저 감감무소식이었다.

좌가려는 정신이 휘딱 돌아 버릴 지경이었다. 아니나 다를까, 좌가려는 마침내 정신병 증세를 보이기 시작했다.

처음엔 뒷간에 가서 오줌을 눈 다음, 바지춤을 올리지도 않고 어기적어기적 걸어 나오는가 하면, 나중엔 바지춤을 내리지도 않고 뒷간에 쭈그리고 앉아 '끄응, 끄응' 똥을 싸는가 하면, 심지어는 두 살 먹은 손자를 안고 오줌을 누인다면서, "아이고, 우리 손자 착하지. 쉬이……." 하면서 좌가려 자신이 바지를 입은 채 줄줄 오줌을 싸기도 했다.

그래 놓으니 국상으로서 나랏일을 제대로 처리할 수 없었다. 임금은 술주정뱅이에 미치광이가 되고, 국상 좌가려는 정신병을 앓고 있으니 나라 꼴은 엉망진창이 되었다. 좌가려는 정신병이 깊어져 끝내 자리에 눕고 말았다.

천만다행으로 충신 창조리가 국상의 자리에 올랐다.

숨어 사는 선비

소년은 선비 밑에서 꼬박 2년 동안 글공부를 했다.

글공부에 매진할 때는 아무런 잡념도 일어나지 않았다. 아니, 이따금 어여쁜 달님의 모습이 언뜻언뜻 떠올랐다가 사라지곤 했다. 구름 사이로 보름달이 지나가듯이. 워낙 머리가 총명해서 2년 동안 어지간한 공부는 마칠 수 있었다.

소년은 가막산을 떠날 때가 되었다고 판단했다.

소년이 선비에게 말했다.

"이제 황금 연못을 찾아 떠나고 싶어요."

선비가 점잖게 말했다.

"떠나고 싶으면 떠나야지."

소년이 물었다.

"궁금한 게 있어요. 2년 동안 글공부를 했으나, 봉우리가 하얀 산과 황금 연못이 어디 있는지 아직 깨닫지 못했어요. 어찌하면 좋을까요?"

"조급하게 생각할 것 없다. 머지않아 스스로 깨닫는 날이 올 것이다."

소년이 또 물었다.

"궁금한 게 또 있어요. 선비님은 왜 벼슬길에 오르지 않았어요? 깊은 산속에 숨어 사는 까닭을 알고 싶어요."

선비가 고개를 끄덕이며 말했다.

"그전에 한 가지 들려줄 말이 있구나. 임금은 나라의 기둥이란다. 한자로 된 왕(王)이란 글자를 꼼꼼히 살펴보자. 옆으로 세 개의 획〈三〉이 나란히 있고, 위에서 아래로 또 하나의 획〈丨〉이 세 개의 획을 하나로 꿰뚫고 있지? 이것이 무엇을 뜻하는지 알고 있느냐?"

소년이 대답을 못 하자 선비가 말했다.

"옆으로 나란히 있는 세 개의 획〈三〉부터 차례차례 살펴보도록 하자. 맨 위에 있는 획은 하늘을 뜻한다. 따라서 맨 아래에 있는 획은 당연히 땅을 뜻하지. 그렇다면 하늘과 땅 사이에 있는 가운데의 획은 무엇을 뜻하겠느냐?"

소년이 즉각 대답했다.

"사람입니다."

"어떻게 알았느냐?"

"세 개의 자루 안에 들어 있는 물건들을 맞히던 날, 선비님이 말해 주었잖아요."

"그래, 맞다. 바로 사람이란다. 사람이란 곧 백성을 가리키지. 예로부터 우리나라 왕들은 하늘과 땅과 백성을 하나로 생각하고 받들어 왔다. 즉 하늘과 땅과 백성을 하나로 꿰뚫어 생각하고, 거기에 맞게 행동하는 사람이 왕이 되어야 한다는 뜻이다. 왕(王)이란 글자에 담겨 있는 뜻이 그러하다. 따라서 하늘과 땅과 백성의 마음을 헤아리지 못하는 사람은 왕이 될 자격이 없다. 그런 사람이 왕의 자리에 앉아 있으면 세상이 어지러워지지."

소년은 고개를 끄덕였다. 선비가 말했다.

"오늘날의 세상이 바로 그러하다. 몇 년째 가뭄이 계속되어 곡식은 논밭에서 숯덩이처럼 까맣게 타 죽고, 백성들은 굶주려 죽고, 괴질이 고을을 휩쓸어 죄 없는 백성들이 떼죽음을 당하고 있다. 이런 일이 일어나는 건 왕이 어질지 못한 탓이다. 왕이 하늘과 땅과 백성으로부터 등을 돌렸기 때문이야."

소년이 물었다.

"그 말은 왕을 바꿔야 한다는 뜻인가요?"

"내가 하는 말을 마저 들어라."

선비가 계속 말했다.

"왕이 백성을 힘들게 하면 좋은 세상이 아니다. 백성보다 낮은 자리로 내려와 자상하게 백성을 돌볼 때 좋은 세상이 온다. 왕이 해야 할 일은 아주 간단해. 하늘과 땅이 사람에게 베푸는 걸 본받아 백성을 위해 선정을 베풀면 되는 거니까. 왕은 어진 마음으로 백성을 돌보고, 백성은 충성스러운 마음으로 왕을 받드는, 그런 세상이야말로 좋은 세상이다. 한데 지금의 세상은 한없이 어지럽다."

소년이 물었다.

"그래서 벼슬을 하지 않는 거예요?"

"아직 내 얘기가 끝난 게 아니다."

선비가 힘주어 말했다.

"하늘과 땅과 사람이 사이좋게 어우러지는 세상. 사람이 하늘이고, 하늘이 곧 사람인 그런 세상을 되찾아야 해. 예로부터 이 땅의 왕들은 백성을 하늘처럼 섬겨 왔다. 그것이 좋은 세상이다. 그런 세상이 되면 가막산 도적들도 산을 내려갈 것이다. 지난날처럼 착한 농부가 되어 논밭을 일구며 이웃들과 오순도순 살아가겠지. 누군가 그런 세상을 만들어야 할 텐데……."

선비는 지그시 눈을 감았다. 소년이 물었다.

"선비님 같은 분이 나라를 위해 일한다면 훨씬 빨리 그런 세상이 오지 않을까요? 나라를 위해 벼슬을 해야 할 분이 왜 산속에 숨어 지내는 거예요?"

잠시 침묵이 흘렀다. 선비가 침묵을 깼다.

"사실, 나는 벼슬을 하던 사람이었다. 이곳에서 북쪽으로 대엿새쯤 걸어 올라가면 천불산이라고 있다. 천불산 기슭에 송하라는 고을이 있는데 거기서 도사 벼슬을 하고 있었다. 그게 벌써 5년쯤 전이로구나.

괴질이 송하 고을을 덮쳤다. 수많은 백성이 괴질 때문에 목숨을 잃었지. 나는 의원들과 괴질을 퇴치하려고 갖은 노력을 다했다. 내 아내도 팔을 걷어붙이고 나섰으나 별 소용이 없더구나. 그러는 과정에서 아내가 괴질에 걸려 목숨을 잃었단다.

하늘이 무너져 내리는 것 같더구나.

내가 다스리던 고을의 백성들을 잃고 아내마저 잃자, 벼슬자리에 있고 싶은 마음이 천리만리 달아나더구나. 사람이 산다는 게 허망하게 느껴지기도 했고 말이야. 나는 아내의 시신을 땅에 묻고 무작정 집을 나섰단다. 늙으신 어머니와 어린 딸을 송하에 남겨 둔 채로. 그 뒤 나그네가 되어 세상을 두루두루 떠돌아다녔지."

선비가 긴 이야기를 마쳤다.

"그런 사연이 있는 줄 몰랐어요."

소년은 가슴이 아팠다.

"하지만 다 지나간 일이다."

선비가 말했다.

"가막산 도적들과 함께 지낸 지도 어느덧 두 해가 지났구나. 그런데 말이다. 도적들 곁에 있다 보니까 도적들한테 자꾸 정이 드는구나. 허허허…….

바깥세상엔 소문이 무섭게 난 모양인데, 가막산 도적

들도 처음부터 흉악한 사람들은 아니었다. 어지러운 세상이 착한 백성을 도적 떼로 만든 것이지. 좋은 세상이 되면 산을 내려갈 사람들이다. 그렇게 하겠다고 나와 굳게 약속했단다."

소년이 물었다.

"좋은 세상이 되면 선비님은 다시 벼슬을 하실 작정인가요?"

"글쎄다. 그건 차차 생각하기로 하고……. 황금 연못을 찾아가는 길에, 잠시 송하에 들러 이걸 좀 전해 주었으면 하는구나."

선비가 편지 한 통을 소년 앞에 내놓았다.

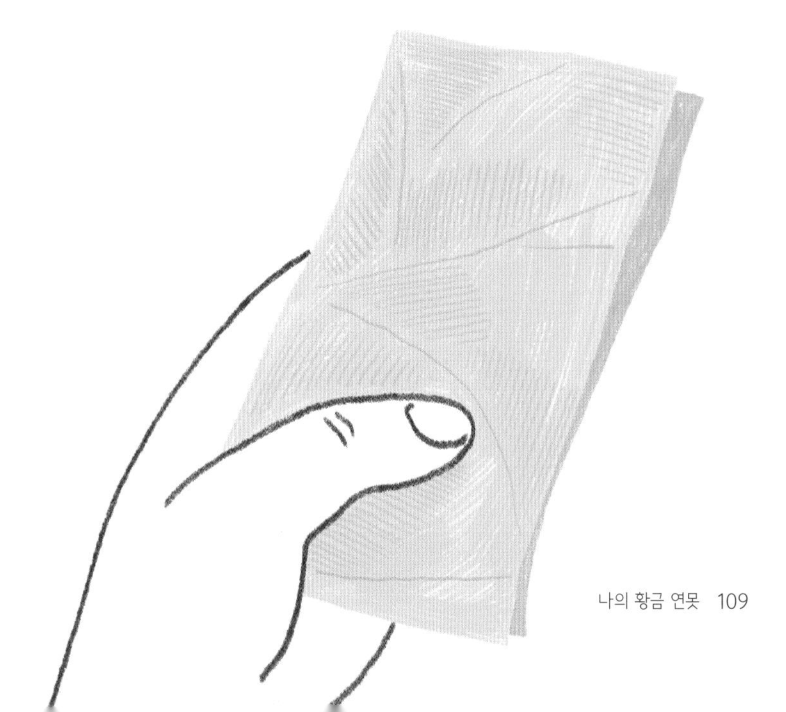

"송하 고을에 있는 내 딸에게 보내는 편지다. 그동안 어떻게 지내고 있는지……. 아비를 몹시 원망하고 있을 텐데. 탈 없이 잘 자라 주었다면 올해 열다섯이 되었겠구나. 송하에서 낳았기 때문에 이름을 송화라고 지었단다. 송하에서 얻은 어여쁜 꽃이란 뜻이랄까."

"네, 편지를 꼭 전할게요."

그때 궁금했던 사실이 떠올라 소년이 물었다.

"우리가 처음 만나던 날, 가죽 자루 안에 들어 있는 물건들을 어떻게 척척 알아맞혔어요? 제 눈엔 아무것도 보이지 않던데."

"내게는 별로 어려운 문제가 아니었다. 그러니까 몇 해 전이었지. 태백산에 들어갔다가 우연히 도술을 하는 분을 만났어. 그분한테서 도술을 좀 배웠단다."

"아, 그랬군요."

다음 날 소년은 가막산 도적들의 산채를 떠났다.

황금 연못을 찾아 북쪽으로 올라가는 길. 그 모습이 몹시 늠름해 보였다. 가막산에서 두 해를 넘긴 소년은 몰라볼 정도로 성큼 자라 있었다.

송화 아가씨

송화 아가씨는 할머니와 함께 허름한 오두막집에서 살고 있었다. 송하 고을에서 한참 떨어진 곳이었다. 선비가 송하 고을을 떠난 뒤 사는 게 팍팍해서 외딴곳으로 삶의 터전을 옮긴 모양이었다.

소년은 송화 아가씨와 할머니에게 선비를 만나게 된 사연을 자세히 들려주었다. 송화 아가씨와 할머니는 소년의 이야기만 듣고도 선비를 만난 듯 눈시울을 붉혔다.

"선비님이 제게 편지를 전해 달라고 했어요."

소년이 송화 아가씨에게 편지를 건넸다. 송화 아가씨가 떨리는 손으로 편지 겉봉을 뜯었다. 편지를 읽는 송화 아가씨 눈에 방울방울 이슬이 맺혔다.

사람 사이의 인연이란 게 참으로 묘하더구나.
이 편지를 네게 전하는 도련님은 하늘이 보살피는 귀한 분이시다. 아무쪼록 도련님이 먼 길을 떠나기 전까지 정성껏 모시도록 해라. 때를 기다렸다가 아비도 송하로 갈까 하는구나. 그때 다시 만나자꾸나. 이만 줄이도록 하마. 총총…….

송화 아가씨가 편지를 접었다. 그때를 기다렸다는 듯 할머니가 물었다.
"아범이 집으로 온다고 하더냐?"
"네, 조만간에 송하로 오신대요."
송화 아가씨가 편지를 반짇고리에 넣었다. 할머니가 물었다.
"귀한 손님은 언제 떠날 작정이시우?"
"갈 길이 바빠서 하루 머물고 내일 떠날까 합니다."
할머니가 소년의 손을 꼭 잡으며 말했다.
"그럼 안 되지. 귀한 손님이 외딴곳까지 찾아와 주었는데, 바로 떠나게 놔두면 우리가 천벌을 받지. 그러지 말고 며칠 푹 쉬었다가 가구려."

할머니는 잡은 손을 놓지 않을 기세였다. 소년이 물었다.

"할머니, 혹시 황금 연못이라고 들어 본 적이 있나요?"

할머니가 고개를 저었다.

"그럼, 봉우리가 하얀 산은요?"

"나는 도통 모르겠는걸. 시골구석에 처박혀 살아서 넓은 세상을 잘 몰라요."

송화 아가씨가 물었다.

"그곳엔 무슨 일로 가셔요?"

소년이 대답했다.

"봉우리가 하얀 산기슭에 황금 연못이 있다는 사실만 알고 있을 뿐, 봉우리가 하얀 산이 어디에 있는지, 왜 그곳을 찾아가야 하는지 정확한 이유를 나 자신도 모릅니다. 하지만 반드시 찾아가야 합니다. 나에게 주어진 크나큰 임무라고 들었거든요. 선비님도 황금 연못을 꼭 찾아가라며 내게 신신당부했어요."

"그곳이 어디 있는지 모른다면 급할 게 없구먼. 며칠

푹 쉬었다 가구려. 귀한 손님이 훌쩍 떠나 버리면 우린 섭섭해서 어쩌라고……."

할머니 두 눈에 아쉬워하는 마음이 가득가득 고였다. 송화 아가씨도 얼굴을 붉히며 말렸다.

"도련님, 웬만하면 그렇게 하셔요."

소년은 원래도 마음이 모질지 못했다. 그래서 며칠 푹 쉬어 가리라 작정했다. 하지만 푹 쉬기만 할 수는 없었다. 산에 올라가 나무를 해 와야 했고, 산비탈 밭을 갈아엎고 씨앗을 뿌려야 했으며, 여자 힘으로 감당하기 어려운 일도 거들어 주어야 했다.

며칠 쉬었다 간다는 게 보름 지나고 한 달을 훌쩍 넘겼다. 송화 아가씨는 소년에게 온갖 정성을 다했다. 선비가 편지에서 간곡히 부탁하기도 했지만, 예사 소년으로 보이지 않았던 것이랄까.

소년도 송화 아가씨에게 자꾸 마음이 끌렸다. 그럴 때면 소금 장수 딸 달님의 얼굴이 떠오르곤 했다. 달님에게 말 한마디 못 하고 떠나온 게 어느덧 3년 전의 일이었다. 그 일을 생각하면 목에 가시가 걸린 것처럼 마음에 콕 걸렸다.

소년은 잠시 생각에 잠겼다.

'달님은 잘 지내고 있을까? 소금 장수네 세 식구는 내게 처음으로 가족 같은 훈훈함을 가져다준 사람들인데……. 내가 소금 지게를 짊어지고 줄행랑을 놓았다고 행여나 오해를 하지는 않았을까?'

소년을 고개를 저었다. 눈앞에 있는 건 송화 아가씨인데 어쩌자고 달님의 얼굴이 자꾸 떠오르는 것인지 까닭을 알 수 없었다. 달님은 달처럼 해밝고 함초롬했다. 송화 아가씨는 꽃처럼 환하고 마음씨가 고왔다.

소년은 송화 아가씨 때문에 잠을 못 이루며 뒤척일 때가 있었다. 그런 마음은 송화 아가씨도 마찬가지였다. 송화 아가씨는 날이 갈수록 마음이 조마조마했다.

'도련님이 송하 고을을 훌쩍 떠나 버리면 어쩌나?'

송하 고을에 머물면서 소년은 세월 가는 줄 몰랐다. 오래전부터 송하에서 살았던 것 같은 착각이 들 정도였다. 그뿐이 아니었다. 황금 연못을 찾아가야 한다는 사실조차 깜박깜박 잊어버리기 일쑤였다.

그러던 어느 날이었다.

소년은 장터에 나갈 일이 생겼다. 송화 아가씨의 어머

니가 돌아가신 날이라 제사 지낼 음식을 장만해야 했던 것이다. 소년은 장터에서 제사에 사용할 음식거리를 샀다. 집으로 돌아오는 길에 장터에서 노래 부르는 아이들을 보았다.

황금 연못을 찾아가자.
봉우리가 하얀 산으로!
새 임금님이 나오신다네.

노래를 듣고 소년은 벼락을 맞은 듯 그 자리에 멈추어

섰다. 소년이 노래하는 아이들에게 다가가 물었다.

"얘들아, 이 노래를 누가 가르쳐 주었니?"

코 밑에 코딱지가 덕지덕지 붙어 있는 아이가 대답했다.

"흰 수염을 기다랗게 기른 할아버지가 가르쳐 줬어요."

소년은 머리카락이 쭈뼛쭈뼛 곤두서는 기분이었다.

"뭐라고? 흰 수염 할아버지가 가르쳐 주었다고?"

아이가 고개를 끄덕끄덕했다. 그 순간 소년은 가슴을 치며 흥분에 휩싸였다.

"아하, 이제야 알겠어!"

'봉우리가 하얀 산'은 바로 백두산(白頭山)을 가리키는 말이었다. 희다는 뜻의 백(白) 자와 머리란 뜻의 두(頭) 자. 산의 머리란 봉우리를 가리키므로, 백두산이야말로 '봉우리가 하얀 산'이란 뜻이었다.

'황금 연못'이란 황지(黃池)를 가리키는 말이었다.

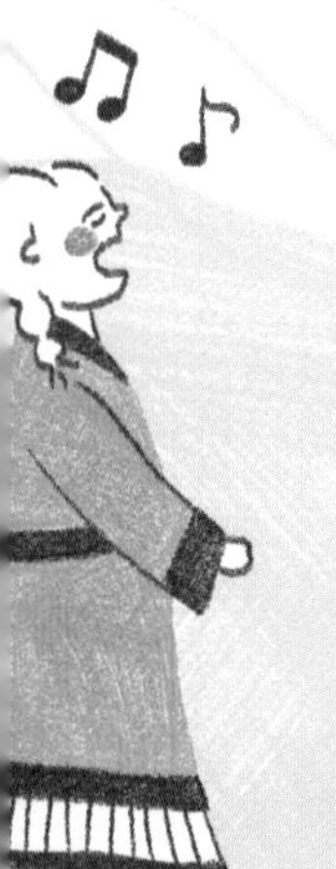

황금색이란 뜻의 황(黃) 자와 연못을 가리키는 지(池) 자. 따라서 황지는 곧 '황금 연못'이란 뜻이었다.

"옳아, 백두산 기슭에 있는 황지를 찾아가란 뜻이었구나!"

소년은 가슴이 활활 타오르는 것 같았다. 그렇게 쉬운 뜻을 모르고, 어렵게 생각했던 지난날의 자신이 부끄러웠다. 하지만 선비에게 글을 배우지 않았더라면, 봉우리가 하얀 산과 황금 연못이, 백두산과 황지라는 사실을 모른 채 계속 엉뚱한 곳을 찾아 헤맸을 게 뻔했다.

지난 일들이 소년의 머리를 휙휙 스치고 지나갔다.

깊은 산속 오두막집에서 조용히 숨을 거둔 할아버지. 부잣집 하인으로 일하다가 쫓겨났던 일. 소금 장수를 따라 소금을 팔러 다니던 일. 장터거리에서 만난 이름도 모르는 숱한 백성들. 그리고 백성들의 질박한 삶. 욕심쟁이 노인에게 억울하게 당했던 일. 그리고 어여쁜 소녀 달님이. 산속에서 길을 잃고 헤매다가 만난 흰 사슴. 그리고 흰 수염 할아버지. 강을 건너게 해 주던 늙은 뱃사공의 구성진 이야기. 가막산에서 만난 도적들과 선비님…….

집으로 돌아온 소년은 곧바로 짐을 꾸렸다. 황금 연못이 백두산 기슭에 있는 황지라는 사실을 알았으므로 한시각이라도 꾸물거릴 이유가 없었다. 하지만 그날 밤은 송화 아가씨의 어머니 제삿날이라 떠날 수 없었다.

다음 날 새벽 소년은 일찌감치 길을 나섰다. 송화 아가씨가 오 리쯤이나 따라나서며 안타까이 배웅해 주었다. 커다란 팽나무 아래서 두 사람은 걸음을 멈추었다. 송화 아가씨가 옷고름을 매만지며 말했다.

"도련님, 다시 송하로 돌아오실 건가요?"

송화 아가씨는 눈물을 보이지 않으려고 애쓰는 게 분명했다. 소년이 담담하게 말했다.

"황금 연못을 찾아가는 게 내게 주어진 크나큰 임무입니다. 어떤 운명이 나를 기다리고 있을지, 지금 알 수 있는 건 아무것도 없습니다. 다만 황금 연못에 갔다가 돌아올 수 있다면 송하로 돌아오고 싶습니다."

"꼭 돌아왔으면 좋겠어요."

송화 아가씨 두 눈에 이슬이 맺혔다.

"네, 그럴 수 있다면……."

소년은 황금 연못을 향해 걸음을 떼었다.

멀리서 뜸부기 한 쌍이 뜸북뜸북 처량하게 울고 있었다. 두 사람의 헤어짐을 아쉬워하는 듯. 송화 아가씨는 소년의 뒷모습이 가물가물 보이지 않을 때까지 팽나무 밑에 오래도록 서 있었다.

붉은 단풍잎

그 뒤 왕궁 소식은 어찌 되었을까.

국상 창조리는 나라 걱정 때문에 하루하루가 가시방석이었다. 3년째 가뭄이 계속되자 온갖 곡식들이 논밭에서 말라 죽었다. 가뭄이 심한 고을에선 사람들이 사람을 잡아먹었다는 흉흉한 소문까지 나돌았다.

나라 사정이 이러한데도 임금은 백성들이 당하는 고통엔 아랑곳하지 않았다. 그뿐이 아니었다. 임금의 위엄을 높인다며 멀쩡한 궁궐을 헐고 새 궁궐을 짓는 공사를 벌였다.

열다섯이 넘은 백성들은 새 궁궐을 짓는데 나와 일하

라는 명령이 떨어졌다. 가뜩이나 먹을 게 없어 허덕이던 백성들은 임금의 명령에 복종하지 않았다. 이웃 나라로 밤도망을 떠나는 백성들이 곳곳에서 생겨났다. 그럼에도 임금은 밤낮없이 허랑방탕한 생활에 정신이 팔려 있었다.

참다 참다못해 국상 창조리가 아뢰었다.

"3년째 가뭄이 들어 백성들이 굶주림에 허덕이고 있사옵니다. 이웃 나라로 밤도망을 가는 백성들도 갈수록 늘어나고 있으니 나라의 큰 위기가 아닐 수 없사옵니다. 이러한 때 멀쩡한 궁궐을 헐고 새 궁궐을 짓는다는 건 무모한 일이옵니다. 공사를 뒤로 미루옵소서. 전하, 신의 뜻을 헤아려 주옵소서."

임금은 불뚝 화가 치밀어 올랐다.

"궁궐이 으리으리해야 나라의 품격이 높아지고 임금의 체면도 서는 게 아니겠소. 한데 국상은 임금의 체면은 아랑곳하지 않고 백성들 편만 드는 것 같구려."

창조리가 다시 아뢰었다.

"임금이 백성을 어여삐 여기지 않으면 누가 그들을 돌보겠습니까? 나라의 품격이나 임금의 체면은 백성을 가엾게 여기고 보살핌으로써 그 위상이 높아지는 것이옵니다. 으리으리한 궁궐은 임금의 체면을 깎아내릴 수도 있사옵니다."

하지만 쇠귀에 경 읽기랄까. 임금이 냅다 소리쳤다.

"나는 듣기 싫으니 그만 물러가시오!"

하니 어찌하겠는가. 창조리는 임금이 머무는 대전에서 물러 나왔다. 바른말이라면 아예 들을 생각조차 않으니 큰일이었다.

'몸에 좋은 약이 입에 쓰다는 걸 어찌 모를까?'

창조리는 밤새 고민에 잠겼다.

'못난 임금을 쫓아내고 바른 임금을 앉히지 않으면 나라가 위태롭다. 굶주리는 백성들을 살리기 위해서라도 못난 임금을 쫓아내야 한다. 하루속히 뜻을 함께하는 신하들을 모아야 하리라. 한데 누구를 새 임금으로 앉힌단 말인가? 임금의 두 아들은 변변치 못한 위인들이라 싹수가 노란데…….'

그때 벼락처럼 떠오르는 생각이 있었다.

'오, 그래. 임금의 동생인 돌고 왕자에게 다섯 살 된 아들이 있었지. 그 아들이 먼 남쪽으로 피신했다는 소문을 들었어. 죽지 않았다면 지금쯤 늠름한 소년 장부가 되어 있을 텐데……. 아, 어디에서 어떻게 그 왕자를 찾아낸단 말인가?'

창조리는 믿을 만한 신하들을 한 사람씩 비밀리에 만났다. 그러고는 그들의 속마음을 넌지시 떠보았다. 창조리의 말을 듣고 신하들은 하나같이 임금의 잘못을 비판했다. 기꺼이 국상과 같은 길을 가겠노라 맹세했다. 크게 힘을 얻은 창조리는 때가 무르익기를 기다렸다.

그러던 어느 날이었다.

모처럼 임금이 사냥을 떠났다. 임금이 사냥을 떠날 때 신하들이 따라가는 풍습이 있었다. 국상 창조리는 기꺼

이 임금을 따라나섰다. 창조리와 뜻을 함께하기로 맹세한 신하들도 따라나섰다.

창조리는 마침내 때가 왔다고 판단했다. 사냥터에 이르렀을 때 창조리는 붉은색 단풍잎을 머리에 꽂았다. 그러고는 사냥을 따라나선 신하들과 군사들을 향해 힘찬 목소리로 말했다.

"나와 뜻을 함께하겠다면 머리에 붉은색 단풍잎을 꽂아라!"

마치 그 말을 기다렸다는 듯 신하들과 군사들이 붉은색 단풍잎을 머리에 꽂기 시작했다. 붉은색 단풍잎은 순식간에 들불처럼 번져 나갔다. 사냥을 따라나선 대부분

의 신하들과 군사들이 머리에 붉은색 단풍잎을 꽂았다.

국상 창조리가 목청을 높여 외쳤다.

"우리는 뜻을 함께하기로 맹세했다. 어서 임금을 붙잡아 포박하라!"

말이 떨어지기 무섭게 군사들이 한꺼번에 함성을 내질렀다.

"와아, 임금을 포박하라!"

너무나도 갑작스러운 일이라 임금은 헤벌어진 입을 다물지 못했다. 임금을 가까이에서 호위하는 군사들이 칼을 빼 들고 덤벼들었다. 허나 변변하게 싸워 보지도 못하고 단풍잎을 머리에 꽂은 군사들에게 목숨을 잃었다. 임금은 오랏줄에 꽁꽁 묶인 채로 왕궁으로 끌려갔다.

창조리는 임금을 옥에 가두고 뜻을 함께하기로 맹세한 신하들에게 말했다.

"지금으로부터 10년 전, 임금은 동생 돌고 왕자를 죽이고 왕이 되었소. 그때 돌고 왕자에겐 다섯 살 된 아들이 있었소. 그대들도 그 아들이 죽지 않고 살아 있다는 소문을 들었을 것이오. 하루속히 돌고 왕자의 아들을 찾아 새 임금으로 모셔야 할 것이오. 그대들의 생각은 어떠하오?”

“백번 지당한 말씀입니다.”

반대하는 신하는 한 사람도 없었다. 그 즉시 창조리는 군사들을 풀어 돌고 왕자의 아들을 찾아보라 명령했다. 새 임금이 될 왕자를 찾아 오는 군사에겐 큰 상을 내리겠다고 약속했다.

한편, 옥에 갇힌 임금은 뒤늦게 자기 잘못을 뉘우치고 펑펑 눈물을 흘렸다. 그러고는 허리에 차고 있던 검을 빼어 스스로 목숨을 끊었다.

한데 보름이 지나고 한 달이 지났건만 돌고 왕자의 아들을 찾았다는 소식은 들려오지 않았다. 나라에 임금이 없으니 큰 걱정이었다. 그렇다고 싹수가 바가지인 임금의 아들을 왕의 자리에 앉힐 수는 없지 않은가.

그러던 어느 날 창조리는 꿈을 꾸었다. 꿈속으로 난데없이 흰 사슴이 뛰어들었다.

“황금 연못으로 가십시오.”

흰 사슴이 말했다.

“황금 연못을 찾아가 하늘에 제사를 올리도록 하십시오. 뜻을 함께하는 신하들을 대동하고 가십시오. 하늘에

제사를 올리고 국상의 뜻을 아뢰면, 그다음의 일은 하늘이 알아서 처리할 것입니다."

창조리가 물었다.

"뜬금없이 황금 연못이라니?"

"봉우리가 하얀 산기슭에 황금 연못, 즉 황지가 있지 않습니까."

창조리의 가슴이 조용히 물결쳤다.

"봉우리가 하얀 산기슭에 있는 황금 연못이라?"

"그렇습니다."

"아하, 우리 민족의 신령스러운 산. 백두산 황지를 찾아가란 뜻이로군."

"맞습니다. 백두산 황지를 찾아가 제사를 올리도록 하십시오. 그곳은 환웅천왕이 이 땅에 내려와 처음 도읍을 정한 곳입니다."

"알았소. 그대의 말대로 하겠소."

창조리는 화들짝 꿈에서 깨어났다. 꿈이 하도 생생하여 예사로운 일이 아니라고 판단했다. 꿈속의 일이 아니라 하늘이 계시라고 굳게 믿었다.

창조리는 뜻을 함께하는 신하들을 불러 놓고 꿈 이야기를 들려주었다. 신하들은 무릎을 치며 기뻐했다. 흰 사슴은 예로부터 나라에 좋은 징조를 가져다주는 짐승이므로, 하늘의 계시가 분명하다며 입을 모았다.

그로부터 며칠이 지났다.

국상 창조리와 뜻을 함께하는 신하들은 왕궁을 떠나 황금 연못으로 향했다. 여러 군사들이 제사에 사용할 음식거리를 짊어지고 뒤따랐다.

황금 연못

천불산 산자락 아래, 송하 고을을 출발한 소년은 황금 연못을 향해 부지런히 걸음을 재촉했다. 압록강 근처 어느 고을에 이르렀다. 해가 뉘엿뉘엿 서산 너머로 저물 무렵이었다. 그곳에서 백두산 황지까지는 불과 하루 반나절 거리였다.

압록강은 아름다운 한 폭의 그림 같았다. 때마침 노을이 붉게 물들고 있어 강 마을 풍경은 더없이 평화로웠다. 소년은 하룻밤 묵어가기 위해 주막을 찾아들었다.

주막 안에 한 떼의 군졸들이 우글대고 있었다. 얼핏 보아도 대여섯 명쯤 되어 보였다. 죄를 지은 것도 아니건만 소년은 가슴이 두근거렸다. 발길을 돌리자니 수상하게 여길 것 같았다.

주막 사립문 앞에서 잠시 쭈뼛대다 소년이 물었다.

"하룻밤 묵어갈 수 있을까요?"

"그럼요, 어서 들어오세요."

주막 주인이 구석진 곳으로 안내했다. 소년은 주인을 뒤따라갔다. 군졸들이 마당 한가운데 돗자리를 깔고 앉아 주절대고 있었다. 돌고 왕자의 아들을 찾아 오라는 명령을 받은 군졸들이었다. 소년이 군졸들 옆을 막 지나칠 때였다.

한 군졸이 소년을 불러 세웠다.

"이봐, 젊은 총각!"

소년은 멈칫하고 자리에 멈춰 섰다.

"저를 불렀습니까?"

수염이 텁수룩한 군졸이 소년을 향해 손짓했다.

"잠깐, 이리 가까이 와 봐. 아니, 와 보셔."

소년은 주저하지 않고 군졸 앞으로 다가섰다. 군졸이 물었다.

"뭘 하는 사람이오?"

소년이 즉각 대답했다.
“지나가는 나그네입니다.”
“어디로 가는 길이오?”
“백두산으로 가는 길입니다.”
“백두산엔 어찌 가오?”
“우리 민족의 위대한 명산이 아닙니까. 그래서 찾아가는 길입니다.”
“고향은 어디이오?”
잠시 생각하다가 소년은 거짓말을 했다.
“천불산 아래 송하 고을에 살고 있습니다.”
“으음, 부친은 뭘 하는 분이오?”
“송하 고을의 도사로 계셨는데 요즘은 벼슬을 내려놓고 조용히 지내고 있습니다. 늙으신 할머니와 누이동생 그렇게 네 식구가 단출하게 살아가고 있습니다.”
“어머니는?”
“몇 해 전에 돌아가셨습니다.”
“그렇다면 우리가 찾는 분은 아닌 것 같군. 그만 가 보셔.”
소년은 문득 궁금증이 일어났다. 그래서 물었다.

"어떤 사람을 찾고 있는데 그러세요?"

"젊은이가 알 일이 아니오."

"사람을 불러 이것저것 물어 놓고 제 물음엔 왜 대답을 안 하십니까? 대체 누구를 찾는데 그러세요?"

"나이가 젊은이와 엇비슷한 분인데……."

군졸이 잠시 뜸을 들인 뒤 말했다.

"우리는 지금 왕자님 한 분을 찾고 있다오. 지금으로부터 10년 전에 먼 남쪽으로 피신한 왕자님이 있는데, 왕궁에서 급히 찾아 오라는 명령이 떨어졌다오."

소년은 오싹 소름이 돋는 것 같았다.

'하마터면 큰일 날 뻔했군. 날 잡으러 온 군졸들이 아닌가!'

소년은 바싹 긴장했다. 국상 창조리가 임금을 쫓아내고, 돌고 왕자의 아들을 찾아 새 임금의 자리에 앉히려 한다는 사실을, 소년은 까맣게 모르고 있었다.

소년이 시치미를 떼고 물었다.

"그분을 왜 찾는 걸까요?"

"왕자님이니까 찾아 오라는 게 아니겠소. 전에도 비슷한 일이 있었지. 그때는 붙잡는 대로 목을 베어 오라더니, 이번엔 죽이지 말고 왕궁으로 모셔 오라니, 참."

소년은 왠지 모르게 가슴이 뛰었다.

"그분을 왜 모셔 오라는 걸까요?"

"말단 군졸이 지체가 높은 분들이 하는 일을 어찌 다 헤아리겠소. 시키면 시키는 대로 따르는 것이지."

"네, 그렇군요."

소년은 아직 안심할 때가 아니라고 판단했다. 그래서 신분을 밝히지 않았다. 주막 주인의 안내를 받아 구석진 방으로 들어갔다. 소년은 이런저런 생각에 잠겨 밤새도록 뒤척였다.

다음 날 아침 황금 연못을 향해 떠났다. 저녁때가 되어서 백두산 기슭에 당도했다. 산속 마을에서 하룻밤을 묵고 새벽같이 다시 길을 떠났다.

가고 가도 끝이 보이지 않는 널따란 평원을 지났다. 불쑥불쑥 울울창창한 언덕이 나타났다. 백두산은 깊고 넓은 품 안에 천지 만물을 넉넉하게 감싸고 있는 듯했다. 자연 그대로의 모습으로 깊이 뿌리박은 채 우뚝 버티고 있는 웅대한 산. 민족의 정기가 서려 있는 신령스러운 산.

소년은 황금 연못이 저만큼 내려다보이는 곳에 이르렀다.

쪽빛처럼 맑고 푸른 물빛. 고요하고 깨끗한 연못. 푸른 물빛이 노을이 질 때쯤 황금빛으로 변한다는 신비한 황금 연못. 한 방울 두 방울 작은 물방울들이 모여 저토록 맑고 깊은 연못을 이루어 놓다니……!

한낮의 햇빛이 펑펑 쏟아져 내려오고 있었다. 황금 연못이 사금파리 조각처럼 반짝반짝 빛나고 있었다. 황금 연못에서 잔잔하게 물결이 일렁거렸다. 마치 황금 연못이 살아서 움직이는 것 같았다.

소년은 깊은숨을 들이마셨다. 말할 수 없는 감동에 휩싸인 채 황금 연못을 향해 성큼성큼 걸음을 옮겼다. 마치 꿈속을 헤매고 있는 것 같은 착각에 빠져서.

바로 그때였다. 사람들의 말소리가 웅성웅성 들려왔다. 소년은 놀라 걸음을 멈추었다. 서너 명의 군졸이 우르르 소년에게 달려들었다.

"멈춰라. 이 신성한 곳에 어찌 발을 들여놓은 것이냐?"

소년이 담담하게 대답했다.

"황금 연못을 찾아가는 길입니다."

"황금 연못은 아무나 찾아가는 곳이 아니라는 걸 모르느냐? 지금 지체 높은 분들이 황금 연못에서 하늘에 제사를 올리려는 참이다. 왠지 수상하구나."

군졸들은 다짜고짜 소년의 몸에 밧줄을 친친 감았다. 수상한 사람을 다루듯이 구석구석 몸도 수색했다. 소년은 옴짝달싹할 수가 없었다. 몸에 지니고 있던 물건들을 몽땅 빼앗겼다.

군졸들이 와글와글 사람들이 모여 있는 곳으로 소년을 끌고 갔다. 많은 사람들이 모여 있는 한가운데 큼지막한 제사상이 놓여 있었다. 제사상 옆엔 지체가 높아 보이는 사람이 근엄한 자세로 앉아 있었다.

소년은 문득 생각했다.

'이 사람들이 나를 제물로 바치려는 게 아닐까?'

군졸들이 끌고 온 소년의 무릎을 꿇렸다. 막 제사를 지내려는 참에 난데없이 끌려온 낯선 소년. 그 바람에 잠시 소란이 벌어졌다.

그때 우렁우렁한 소리가 들려왔다. 국상 창조리의 목소리였다.

"갑자기 어인 소란이냐?"

군졸들의 우두머리가 아뢰었다.

"수상한 소년이 얼쩡거리기에 붙잡아 왔습니다."

"허어, 하늘에 제사를 올리려는 찰나에 수상한 소년을 붙잡아 오다니. 내가 직접 알아보리라. 수상한 소년은 지금 어디 있느냐?"

"저 아래쪽에 무릎을 꿇려 놓았나이다."

순간 창조리는 야릇한 기분에 사로잡혔다. 흰 사슴이 일러준 대로, 하늘에 제사를 올리려는 찰나에, 수상한 소년이 붙잡혀 오다니 참으로 기묘한 일치가 아닐 수 없었다. 창조리는 소년이 꿇어앉아 있는 곳으로 다가갔다.

소년은 고개를 숙인 채 무연히 앉아 있었다. 창조리가 말했다.

"고개를 들어 나를 보라."

소년은 고개를 들었다. 두 사람의 눈빛이 허공에서 부딪쳤다. 예사로운 소년이 아니라는 걸 창조리는 대번에 알아볼 수 있었다. 소년 역시 창조리의 인자한 눈빛을 보고 예사 벼슬아치가 아니라고 판단했다.

창조리가 말했다.

"나는 이 나라의 국상이노라. 묻는 말에 사실대로 대답하라."

그때, 군졸들의 우두머리가 소년의 몸에서 탈취한 보검을 창조리에게 건넸다. 창조리는 보검을 받아 들고 찬찬히 살펴보았다. 칼집에는 푸른 용이 황금빛 여의주를 물고 있는 모습이 또렷이 새겨져 있었다. 순간 창조리의 두 눈이 휘둥그레졌다.

'아니, 이것은 임금이 왕자에게 물려주는 보검이 아닌가!'

푸른 용이 황금빛 여의주를 물고 있는 모습은 임금이 왕자에게 물려주는 보검에만 새겨 넣을 수 있는 표시였다. 국상 창조리가 그런 사실을 모를 리 없었다. 게다가 보검 자루엔 돌고 왕자의 이름이 반듯하게 새겨져 있었다.

'이런 기막힌 일이 있는가!'

창조리는 꿈을 꾸는 것만 같았다. 엄청난 일이 코앞에 들이닥쳤다는 걸 알 수 있었다. 창조리가 조곤조곤히 물었다.

"그대 이름이 무엇이오?"

소년은 잠시 번민에 잠겼다. 사실대로 밝힐 것인지, 아니면 거짓말을 할 것인지. 창조리가 나지막한 목소리로 다시 말했다.

"그대 이름이 무엇이냐 묻지 않소."

소년은 창조리의 얼굴을 빤히 쳐다보았다. 훌륭한 벼슬아치가 분명한 것 같았다. 소년은 마음을 굳혔다.

"그 보검에 새겨진 이름이 제 아버님이올시다."

수도 없이 들었던 아버지의 이름 돌고. 이제 죽고 사는 문제는 하늘에 달렸다고 생각했다. 그때껏 소년은 왕궁의 소식을 전혀 모르고 있었으니까.

"흐음……."

창조리가 고개를 끄덕이며 물었다.

"정녕 이 보검을 그대의 부친으로부터 물려받았다고 맹세할 수 있소?"

"맹세코 그렇습니다."

창조리는 꿈같은 사실이 도무지 믿어지질 않았다.

"황금 연못엔 무슨 볼일이 있어 찾아왔소?"

소년이 담담하게 대답했다.

"그러니까 3년 전이었어요. 깊은 산속에서 길을 잃고

헤매다가 흰 사슴의 도움을 받은 적이 있습니다. 그날 밤 흰 수염을 기다랗게 기른 할아버지가 나타나 제게 말해 주었습니다. 봉우리가 하얀 산기슭에 있는 황금 연못을 찾아가라고. 그 뒤 온갖 우여곡절을 겪은 끝에, 오늘에야 황금 연못을 찾아오게 되었습니다."

창조리는 꿈속에서 흰 사슴이 해 준 말이 떠올랐다. 봉우리가 하얀 산기슭에 있는 황금 연못을 찾아가라고 일러 주던 바로 그 말.

"아, 왕자님!"

국상 창조리는 그 자리에 엎드려 소년, 아니 돌고 왕자의 아들에게 큰절을 올렸다. 그러고는 둘레에 있는 신하들에게 큰 소리로 말했다.

"뭣들 하느냐. 우리가 그토록 찾아 헤매던 새 임금님이 직접 이곳을 찾아오셨다. 속히 새 옷으로 갈아입히도록 하라."

소년, 아니 돌고 왕자의 아들은 새 옷으로 갈아입었다. 새 옷으로 갈아입은 왕자는 완전히 다른 사람 같았다.

"하늘에 제사를 올리려던 참이옵니다. 새 임금께서 앞장서시어 하늘에 제사를 올리옵소서."

새 임금이 된 왕자는 국상 창조리의 안내를 받으며 제사상 앞으로 다가갔다. 국상 창조리의 도움을 받아, 여러 신하들과 군사들이 지켜보는 앞에서, 새 임금은 하늘에 제사를 올렸다.

국상 창조리가 말했다.

"제사가 끝났으니 먹고 마시고 신나게 춤추며 밤새도록 즐기도록 하라!"

여러 신하들과 군사들은 밤이 새도록 잔치를 즐겼다. 북을 두둥둥 울리면서 마음껏 마시고 함께 춤추며 흥겨운 시간을 보냈다. 그때 새 임금과 국상 창조리는 지난 10년 동안에 있었던 일들을 이야기하느라 시간 가는 줄 몰랐다.

다음날 아침 창조리는 새 임금을 모시고 왕궁으로 돌아갔다.

그날의 맹세

그 뒤 새 임금은 국상 창조리와 밤낮없이 많은 이야기를 나누었다. 새 임금이 나라를 다스리는 데 국상 창조리만큼 중요한 역할을 해 줄 신하는 없었으므로.

어느 날 국상 창조리가 조심스레 여쭈었다.

"임금의 자리에 오르셨으니 하루속히 왕비님을 모셔야 하옵니다. 제가 훌륭한 신붓감을 물색해 볼까 하는데 전하의 생각은 어떠하옵니까?"

임금은 잠시 고민에 잠겼다.

가막산 선비의 딸 송화 아가씨가 먼저 떠올랐다. 소금장수 딸 달님의 모습도 떠올랐다. 임금은 창조리에게 선비의 딸 송화 아가씨와 소금 장수 딸 달님에 관해 넌지시 들려주었다. 국상 창조리가 한숨을 내쉬며 말했다.

"왕비님을 모시는 건 나라의 중차대한 일이옵니다. 대신들의 따님 중에서 어질고 반듯한 신붓감을 찾아 간택하는 게 바람직하옵니다."

임금이 담담히 말했다.

"나는 굳이 그러고 싶은 마음이 없소. 국상께 솔직히 말하리다. 지난날에 나는 소금 장수의 딸과 이 세상이 끝날 때까지 함께하기로 굳게 맹세했다오."

국상 창조리가 뱀이라도 밟은 듯 놀라 펄쩍 뛰었다.

"대신들의 따님이거나 선비의 딸 송화 아가씨라면 혹 모르겠으나, 소금 장수의 딸을 왕비로 삼는다는 건 천부당만부당한 일이옵니다. 전하, 생각을 바꾸옵소서."

임금이 힘주어 말했다.

"소금 장수의 딸을 직접 보게 된다면, 내 생각이 아니라 국상의 생각이 바뀔 수도 있지 않겠소?"

"전하, 그럴 리는 없사옵니다."

"아니오. 만나 보면 달라질 수도 있는 일이오."

임금은 고집을 꺾지 않았다. 소금 장수의 딸 달님을

왕궁으로 모셔 오라고 임금이 직접 신하에게 일렀다. 그리하여, 아닌 밤중의 홍두깨처럼 달님이 왕궁으로 오게 되었다. 임금과 국상 창조리와 여러 대신들과 신하들과 달님이 한자리에 모였다.

국상 창조리가 먼저 말했다.

“나라는 나라로서 품격을 갖춰야 하듯이 임금은 임금으로서 품격을 갖춰야 하는 법입니다. 그뿐이 아니라, 임금에게 임금의 품격이 있어야 하듯이 왕비에게도 왕비의 품격이 있어야 하는 것이옵니다.

대신들의 따님 가운데 어질고 반듯한 신붓감이 많고 선비의 딸 송화 아가씨도 있건만, 하필이면 소금 장수의 딸을 왕비로 삼겠다니요. 거듭거듭 생각해 보건대 그건 있을 수 없는 일이옵니다. 있어서도 안 되는 일이옵니다. 소금 장수의 딸은 왕비로서 품격을 갖추었다고 보기 어렵습니다. 전하, 혜량하옵소서.”

임금이 고개를 절레절레하며 말했다.

“어진 국상께 묻겠소. 대체 임금은 무엇이고, 소금 장수의 딸은 무엇이고, 대신들의 따님은 무엇이고, 선비의 딸은 무엇이오? 그것이 각기 다른 것이오? 아니면 다

같은 사람일 뿐이오?"

국상 창조리는 선뜻 대답하지 못했다. 난감한 표정을 지을 뿐이었다. 임금이 다소곳이 앉아 있는 소금 장수의 딸 달님을 가리키며 말했다.

"나는 저 소녀의 가녀린 손을 부여잡고 달빛이 어리비치고 별빛이 강물처럼 흐르는 강가에서 굳게 맹세했소. 이 세상이 끝나는 날까지 함께하겠노라고. 가장 힘겨운 시절에 한 맹세가, 지금 돌이켜 생각해도 목이 멜 것 같은 그날의 맹세가, 과연 하찮은 언약이었단 말이오? 신분의 벽에 가로막혀 산산조각이 나야 할 정도로 부질없는 맹세였다 그 말이오?"

국상 창조리는 여전히 대답을 못한 채 머뭇머뭇했다. 자신이 왕궁으로 불려온 내막을 이미 들어서 알고 있었기 때문에 달님이 조심스레 입을 열었다. 달님의 말은 생각보다 단호했다.

"소녀는 소금 장수의 딸 달님으로서 저분을 마음에 담았던 것이지, 한 나라의 왕비가 될 작정으로 저분을 마음에 담았던 게 아니옵니다. 왕비라니요, 저로서는 언감생심 꿈도 꾸어 보지 못한 일이옵니다. 꿈도 꾸어 보

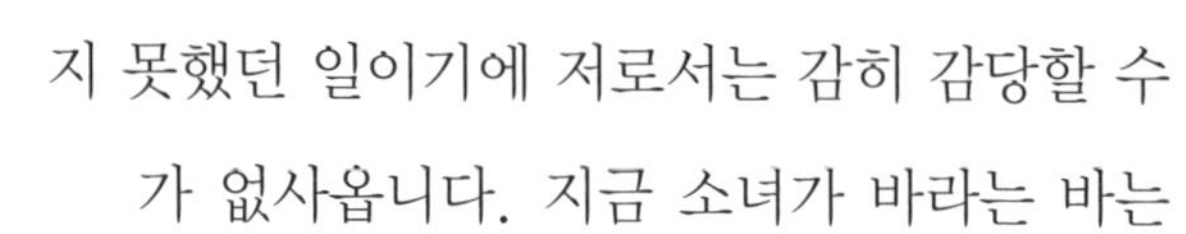

지 못했던 일이기에 저로서는 감히 감당할 수가 없사옵니다. 지금 소녀가 바라는 바는 소금 장수의 평범한 딸로 돌아가는 것이옵니다. 전하, 부디 소녀를 놓아주십시오."

임금의 눈가에 언뜻 이슬방울이 맺혔다.

"그대에게 묻겠소. 달빛이 어리비치고 별빛이 강물처럼 흐르는 강가에서 우리 두 사람이 굳게 맹세한 사실을 어느덧 잊었단 말이오?"

달님이 차분하게 대답했다.

"전하께서 어떤 말씀을 하시더라도 소금 장수의 딸로서는 감당하기 벅찬 일이옵니다. 달빛이 어리비치고 별빛이 강물처럼 흐르는 강가에서 한 맹세는 먼 과거의 일이옵니다. 오래전에 지나간 일이옵니다. 그때는 그 맹세를

충분히 감당할 수 있었으나, 지금은 감당할 자신이 없사옵니다. 소녀가 감당하기엔 진실로 난망한 일이옵니다. 전하, 부디 소녀를 놓아주십시오."

임금이 울컥하는 마음을 누르며 말했다.

"그대는 어찌 이다지도 무정하시오? 달빛이 어리비치고 별빛이 강물처럼 흐르는 강가에서 한 그날의 맹세를 나보고 그만 잊으라는 것이오? 내가 한 맹세를 나 스스로 없었던 일로 지워 버리라는 것이오?"

달님이 차분히 대답했다.

"소녀는 그날의 맹세를 가슴 깊숙한 곳에 간직하고 있사옵니다. 한 번도 가슴 밖으로 밀쳐 내 본 적이 없사옵니다. 그날의 맹세는 소금 장수 딸과 소금 장수 소년 사이에서 맺어졌습니다. 하오나

전하, 지금은 그렇지가 않사옵니다. 만약 그날의 소금 장수 소년이, 뒷날 임금의 자리에 오를 왕자님이란 사실을 알았더라면, 소녀는 결단코 그 맹세를 받아들이지 않았을 것이옵니다. 전하, 소녀를 놓아주옵소서."

임금이 나지막이 물었다.

"그대에게 다시 묻겠소. 그때 그 소금 장수 소년과 지금의 내가 대체 무엇이 어떻게 다르다는 것이오? 비록 위치는 달라졌을지언정 결국 같은 사람이 아니오?"

달님이 울컥하는 감정을 지그시 누르며 대답했다.

"소녀에겐 영원히 다르지 않을 수 있사오나, 전하 곁에 있는 대신들의 눈엔 다를 수밖에 없사옵니다. 그때는 소금 장수 딸과 소금 장수 소년 둘뿐이었습니다. 그때 없던 수많은 대신들의 얼음처럼 차가운 눈빛이 지금 소녀를 지켜보고 있사옵니다. 저분들은 소금 장수 딸을 탐탁하게 여기지 않고 있으며, 소녀는 저분들의 차가운 눈빛을 거스르기 어렵사옵니다. 전하, 소녀를 가엾게 여기시고 그만 놓아주소서."

국상 창조리가 틈새를 비집고 아뢰었다.

"전하, 저 소녀의 간절한 마음을 헤아리소서."

임금이 결심을 한 듯 말했다.

"아니오. 만약 저 여린 소금 장수의 딸이 왔던 곳으로 분연히 돌아간다면, 나는 미련 없이 임금의 자리를 내려놓고 저 소녀를 따라갈 것이오. 저 소녀는 나에게 한없이 다정한 정인이지만, 얼떨결에 오른 임금의 자리는 한없이 서먹서먹하기 그지없소. 나는 한 번도 임금의 자리를 탐내 본 적이 없소이다. 임금의 자리란 스스로 내려놓으면 그만이오. 이 자리에 있는 여러 대신들에게 묻겠소. 나와 저 소녀가 함께할 수 없는 이유를 말해 보시오. 내가 꼼짝 못 하고 받아들일 수 있도록 명명백백한 이유를 말해 보란 말이오!"

국상 창조리가 대신들을 대표하여 말했다.

"전하, 어찌 이리도 신하들을 모질게 닦아세우는 것이옵니까? 저희를 닦아세우기 전에 전하께서 그 타당한 이유를 말해 주소서. 저희는 전하의 뜻을 헤아리질 못하고 있나이다."

임금이 다그치듯 말했다.

"내가 한 맹세를 지키고자 함이오. 하늘의 달과 별들이 내려다보는 그 강가에서 한 맹세를, 신분이 바뀌었다고 이제 와 헌 짚신짝처럼 걷어차 버리란 말이오? 임금의 품격과 도리란 게 그런 것이오? 임금은 인정도 없고 피도 눈물도 없어야 한다는 말이오? 소금 장수 소년일 때는 가능했던 맹세가 임금의 자리에 오른 뒤에는 불가능하다는 말씀이오? 대답해 보시오."

누구도 선뜻 대답하지 못했다. 소금 장수의 딸 달님조차도.

"지금도 눈만 감으면 내게는 삼삼하게 떠오르는 정겨운 사람들이 있소."

임금이 차분한 목소리로 말했다.

"밭에 씨를 뿌리는 농부, 땡볕에서 산비탈 밭을 매는 아낙네, 짚신을 삼는 노인, 가죽신을 만들어 장터에 내다 파는 갖바치, 얼굴이 검붉은 숯쟁이, 솥단지를 파는 장사꾼, 밤늦도록 길쌈하는 아낙네, 부잣집 부엌데기 하녀, 귀족의 농장에서 궂은일 하느라 얼굴이 검게 타 버린 하인들, 장터에서 국밥을 파는 여인네, 주막에서 나그네에게 밥과 술을 파는 주모, 허리가 구부러진 노파, 지팡이를 짚고 가는 노인장, 마차에 한가득 짐을 싣고 가는 마부, 물레방앗간에서 손이 부르트도록 일하는 소녀, 술도가에서 술을 거르는 사내, 방앗간 주인, 소를 몰고 가는 어린 목동, 이 장터에서 저 장터로 터벅터벅 옮겨 다니는 등짐장수, 방물장수, 옷 만드는 여인들, 집을 짓는 목수, 점쟁이, 무당, 남의 사주 봐 주는 사람, 고을을 다스리는 도사와 아전들, 글공부에 전념하는 선비, 경당에 다니는 아이들과 회초리를 쥔 훈장, 뱀을 잡는 땅꾼, 구성지게 상엿소리를 하며 무거운 상여를 메고 가는 상여꾼들, 시체를 땅에 묻어 주는 사람들, 소달구지를 끌고 가는 농부, 나무를 해서 장터에 내다 파는 나무꾼, 짐승을 잡는 사냥꾼, 노름꾼, 거간꾼, 개망나니, 똥장군 오줌장군을 지고 나르는 사람, 보두 군사, 지체 높은 나리, 옹기장수, 엿장수, 기름 장수, 소금 장수…….”

임금은 '소금 장수'에 이르러 가슴이 먹먹해져서 잠시 하던 말을 멈추었다. 소금 장수의 딸 달님도 그 대목에서 가슴이 싸해졌다. 임금이 깊은숨을 들이쉬며 다시 말을 이었다.

“달빛이 어리비치고 별빛이 강물처럼 흐르는 강가에서 저 여린 소녀에게 내가 했던 맹세를, 나라의 근본을

이루는 이 모든 가여운 백성들 앞에서, 다시 한번 똑같이 맹세한다면, 그때는 내 마음을 받아들일 수 있겠소?"

소금 장수의 딸 달님이 대답했다.

"전하의 진심을 충분히 헤아릴 수 있으나, 그럼에도 소녀는 감히 감당하지 못하겠나이다. 전하, 보잘것없는 소녀의 입장도 헤아려 주옵소서."

임금이 차분히 말했다.

"그때 그 강가에서 했던 맹세를 나는 한 번도 가슴속에서 지워 본 적이 없소. 그 맹세를 지키겠다는 굳은 결기가 없었다면, 지금 이 자리에 내가 있지 않을 수도 있소. 그대가 온전히 내 마음속에 들어와 있었기 때문에, 오랜 방황 끝에 '황금 연못'을 찾아갈 수 있었던 것이오. 지금의 나를 있게 한 원인은 바로 그대이고 그대에게 한 나의 맹세였소. 신분이 바뀌었다고 해서 손바닥 뒤집듯이 헌 짚신짝 걷어차듯이 마음이 변한다면 그것이 어찌 사람으로서 도리를 다했다고 할 수 있겠소? 그대여, 아직도 내 마음을 모르겠소?"

그 말끝에 임금은 문득 생각했다.

'내가 그토록 찾아가고자 했던 마음속의 '황금 연못'은

소금 장수의 딸 달님이 아니었을까?'

그때 달님이 울먹이며 물었다.

"전하, 그렇다면 소녀의 부족함은 어찌해야 하나요?"

"그대는 내 마음속의 영원한 '황금 연못'이었소. 내 마음이 변하지 않는 한 내가 꿈꾸는 세상도 변하지 않을 것이오. 나는 굳게 믿소. 서로 믿고 의지한다면 어떤 부족함도 함께 메꾸어 갈 수 있다고. 생각해 보면, 소금 장수 소년이었던 나 역시 부족함이 많은 사람이 아니겠소."

달님이 다시 물었다.

"소녀가 소금 장수의 평범한 딸로 돌아가겠다고 고집한다면 그때는 어찌하시겠습니까?"

"그렇다면, 나는 거추장스러운 임금의 옷을 훌훌 벗어 버리고 소금 장수 소년으로 돌아갈 것이오. 그대를 놓아 줄 수 없기 때문이오. 아직도 내 마음을 모르시겠소?"

임금이 힘주어 말했다.

"밭에 씨를 뿌리는 농부, 땡볕에서 산비탈 밭을 매는 아낙네, 짚신을 삼는 노인, 가죽신을 만들어 장터에 내다 파는 갖바치, 얼굴이 검붉은 숯쟁이, 솥단지를 파는 장사꾼, 밤늦도록 길쌈하는 아낙네, 부잣집 부엌데기 하녀, 귀족의 농장에서 궂은일 하느라 얼굴이 검게 타 버린 하인들, 장터에서 국밥을 파는 여인네, 주막에서 나그네에게 밥과 술을 파는 주모, 허리가 구부러진 노파, 지팡이를 짚고 가는 노인장, 마차에 한가득 짐을 싣고 가는 마부에 이르기까지…….

내가 소금 장수 소년이었을 때 직접 겪은 이 나라의 정겨운 백성들이오. 힘겨운 시절에 직접 부대끼며 보아온 가여운 백성들과 더불어서, 나는 한세상 살아가고자 하오. 어차피 함께 살아가야 할 내 나라 내 백성들이 아니냔 말이오. 나와 백성들이 한마음 한뜻으로 하나가 될 때, 진정 나라가 나라다워지리라 나는 믿소."

임금이 둘레의 대신들과 신하들을 향해 일갈했다.

"한데 대신들의 따님이나 선비의 딸은 되고, 어찌하여 소금 장수의 딸은 안 된단 말이오? 누가 대답해 보시오!"

국상 창조리를 비롯해 모든 신하들은 갑자기 꿀 먹은 벙어리가 되었다. 임금이 소금 장수의 딸 달님에게 다가가 두 손을 꼭 부여잡으며 말했다.

"그대여, 나의 진심을 받아들이는 게 이다지도 어려운 일이오?"

그때 달님의 두 눈에서 두 줄기 눈물이 주르륵 흘러내렸다.

국상 창조리가 조심스레 입을 열었다.

"만약 전하께서 왕궁에서 남부럽지 않게 지내면서 왕자 수업을 받으며 고이고이 성장했다면, 대신들의 따님이나 선비의 딸을 왕비로 삼는데 아무런 주저함이 없었을 것입니다. 하온데 전하께서는 일찍이 부모님을 여의고 홀로 세상의 가장 낮은 자리에서, 힘겹게 살아가는 백성들과 더불어 온갖 고초를 직접 겪으셨기 때문에, 저희들과 근본적으로 생각이 다를 수밖에 없었던 것 같사옵니다. 전하의 판단을 아무런 사심 없이 인정하고 귀하게 받아들이겠나이다. 전하, 저희들의 생각이 짧았나이다."

국상 창조리가 덧붙였다.

"밭에 씨를 뿌리는 농부, 땡볕에서 산비탈 밭을 매는 아낙네, 짚신을 삼는 노인, 가죽신을 만들어 장터에 내다 파는 갖바치, 얼굴이 검붉은 숯쟁이, 솥단지를 파는 장사꾼, 밤늦도록 길쌈하는 아낙네, 부잣집 부엌데기 하녀, 귀족의 농장에서 궂은일 하느라 얼굴이 검게 타 버린 하인들, 장터에서 국밥을 파는 여인네, 주막에서 나그네에게 밥과 술을 파는 주모, 허리가 구부러진 노파, 지팡이를 짚고 가는 노인장, 마차에 한가득 짐을 싣고 가는 마부에 이르기까지…….

이 모든 백성들과 더불어서 함께 가는 길이라면, 대신들의 따님이나 선비의 딸이나 소금 장수의 딸은 다르지 않다는 걸 알았습니다.

따라서 이제까지의 저희 생각을 가볍게 뒤집는다고 해서 나쁠 것 같지 않사옵니다. 전하의 뜻을 그대로 받아들이겠습니다. 소금 장수의 따님을 왕비로 받들어 모시면서, 모두 하나가 되어 힘차게 앞으로 나아가겠나이다."

그러자 여러 대신들과 신하들이 한목소리로 화답했다.

"전하, 소금 장수의 따님을 왕비로 받들어 모시겠나이다."

그 말을 끝으로, 새 임금과 국상 창조리와 여러 대신들과 신하들과 수많은 백성들과 새 왕비는 모두 한마음 한뜻이 되었다.

새로운 세상

돌고 왕자의 아들, 한때는 소금 장수였던 소년이, 새 임금의 자리에 오르고 연거푸 7년 동안이나 풍년이 들었다.

백성들은 너나없이 살기 좋은 세상이 되었다며 기뻐했다.

가막산 도적들은 물론 곳곳에서 숨어 지내던 도적의 무리도 산에서 내려왔다. 더러는 고향 마을로 돌아가 농부가 되어 논밭에 희망의 씨앗을 뿌렸고, 더러는 나라를 지키는 용맹한 군사들이 되었다.

식구를 데리고 이웃 나라로 밤도망을 갔던 백성들도

살기 좋아진 고향 땅으로 속속 되돌아왔다. 나라 안에서 새 임금을 원망하는 백성을 찾아볼 수 없었다.

그러던 어느 날 밤이었다.

참으로 희한한 일이 벌어졌다. 하늘에 둥그런 보름달이 떠서 태양처럼 밝게 빛났다. 온 세상이 대낮처럼 환해졌다. 잠을 자던 백성들이 우르르 밖으로 몰려나왔다.

그러고는 두둥둥 북을 울리고 쿵더쿵 장구를 치면서, 밤새도록 노래하고 춤추며 흥겨운 시간을 보냈다.

임금이라고 어찌 곤히 잠을 잘 수 있으리오.

임금은 여러 신하들과 달님 왕비와 함께 왕궁의 높은 누각으로 올라갔다. 그곳에서 흐뭇한 눈길로 백성들이 흥겹게 노래하며 춤추는 모습을 바라보았다.

국상 창조리가 함박웃음을 띠며 말했다.

"전하, 저 백성들을 보십시오. 이보다 흥겨운 일이 세상천지에 어디 또 있겠나이까. 이것이 하늘의 축복이 아니고 대체 무엇이겠습니까!"

마침내 새로운 대동세상이 열린 것이었다.